U0143907

双胞胎的困惑

Follow your heart

YOU decide what happens !

[美]J.E.布赖特 著

费吟梅 译

上海三联书店

图书在版编目（CIP）数据

双胞胎的困惑／（美）布赖特（Bright，J.E.）著；费吟梅译.—上海：上海三联书店，2008．8
ISBN 978-7-5426-2799-5

Ⅰ．双… Ⅱ．①布…②费… Ⅲ．长篇小说—美国—现代 Ⅳ．I565．45
中国版本图书馆CIP数据核字（2008）第047643号

双胞胎的困惑

著　者／[美]J．E．布赖特
译　者／费吟梅

责任编辑／戴　俊
特约策划／孙　媚
装帧设计／一亩幻想

出版发行／上海三联书店
　　　　　（200031）中国上海市乌鲁木齐南路396弄10号
　　　　　http://www.sanlianc.com
　　　　　E-mail:shsanlian@yahoo.com.cn
印　刷／宁波大港印务有限公司

版　次／2008年4月第1版
印　次／2008年4月第1次印刷
开　本／880×1230　1／32
字　数／220千字
印　张／8

ISBN 978-7-5426-2799-5
定价：20.00元

目　录

No.1

"大家快点,"你停下来气喘吁吁地说,秋季远骑确实是件挑战体力的事情。你深呼吸了一口,尽情享受着秋天的清新——明净的天空、清凉的空气、原野里时隐时现的稻草人、乡间小路上装满干草的小卡车,还有热苹果酒。这是你一年中最喜欢的时候,让你根本没工夫理会过两天就要开学这件事。今天,你约了几个最好的朋友来与你一起分享这个时刻——秋季狂欢,一个一年一度的狂欢节,每年的这一天你们都会吃棉花糖、哈斗蛋糕,还会进行一项令人望而生畏的远骑。说起远骑,还真是实至名归,这项活动可以把大多数人都累趴下。不过,这个日子怎么能没有远骑呢? 当然,你们也选择了这个挑战。

"怎么,你不高兴吗?"你问特雷弗。

特雷弗眼珠子一转,说:"没有啊,我很高兴呢。"他看起来有点奇怪。

你高兴地想推他一下——但可能真是累了,你的手刚伸出去就一不小心撞上了维多利亚。

"看着点儿!"她叫道,并一掌把你推开。"要不是我骑得稳,早被你撞死了。"

你笑起来,把她向前推了一把。伊莱恩已经在游乐园大门那儿等着你们了。当然,她是不骑车的,因为那会弄坏她的发型。

"不要告诉我你们还没有准备好。"她有点不耐烦。特雷弗很快地把帽子戴好,把他那乱糟糟的红棕色头发压在帽子下。

"莱妮,我们已经到了十五分钟了。"

你听了这话有些不爽,"我们可都是骑车来的!"

"我们是不是可以休息了?"贴心的维多利亚看你们有点不高兴,马上试探着问。你停下来走到她跟前看着她——维多利亚是个脾气很好的女孩,她从不跟任何人计较。"当然可以,除非你还想再骑。"

她一听,高兴极了,"那真是太好了。"

你决定让大家停下来。"大家休息喽,我们来吃东西吧!"

这一路下来,你们都快饿死了。你挑了一块粉红色的棉花糖,很享受地放到嘴里,嗯,好甜,你闭上眼睛,陶醉在棉花糖在你口中融化时的感觉中。真是棒极了。

这时,嘣! 你被人猛地撞了一下,手中的棉花糖应声而落。虽然你尽力让自己站稳没跌倒,但你还是免不了被洒了一身的苏打水,还沾上了黏糊糊的棉花糖。老天,这可是你的新衣服,今天是怎么了!

"嘿,你这是在干吗?"你生气地吼道。真倒霉! 心爱的棉花糖转眼就变成了你新衣服上一摊恶心的污渍。看来你今天没法再穿它了。

"啊,对不起。"一个男孩小声地向你道歉,但是已经太晚了。

"不管怎样,你走路的时候也该长长眼睛吧……"你非常生气。

"你看,我已经说对不起了。"他诚恳地说。但你看着自己已经无可挽救的衣服,气不打一处来,哪听得进去他的道歉。

"也许你应该——嗨,我们是不是在哪儿见过?"他又说。

真是难以置信。他连道歉都这么不正经! 你抬起头来,正准备揭穿他这套老掉牙的谎言时,他打断你,说那是在幼儿园。你顿时愣住了,大脑一片空白,吃惊得一句话都说不出来。你眼前站着的竟然是这么帅气的一个男孩,棕色的眼睛闪闪发光,有着爽朗笑容的脸上还带着一对惹人羡慕的深深的酒窝。你被这一幕惊呆了,脑海中只有一个词:帅呆了! 他的棕色头发清爽飘逸,鼻梁周围还点缀着一小堆可爱的雀斑,每个细节都这么完美。他就像杂志封面的模特儿一样,帅极了,而这个帅男孩,被你遇到了,就站在你跟前。

"你也觉得我们在哪儿见过,是吗?"他说,这时你才回过神来。你对自己说,别再盯着人家的酒窝看了,但说得容易,你根本控制不了自己。

"呃……有吗?"

"你以前是不是在枫树垅住过?"这个帅气的男孩问你。"我确信我在哪儿见过你。"

你的确是在枫树垅长大的——但是你发誓你从来没有见过他。你难道会不记得这么帅的一张脸吗?

"我是在那儿住过,"你承认,"但我三年级的时候就搬到这里了。所以,即便我们以前彼此认识,但——"

"你不记得我了吗?"他一只手摸着自己的胸口,说,"我真是伤心透了,你居然不认识我了。"

听他这么说你还真有点担心自己是不是真的让他难过了。但是他却笑了起来,爽朗的笑声顿时驱散了你的顾虑。不过,你也回过神来,想起你被他弄得一身的污渍。

"我想你是不是该觉得有些内疚,"你说,你根本没法把它弄干净。"至少,"你冷静地说,"你该告诉我你叫什么名字。"

他礼貌地向你伸出手来,想与你握手,你接受了,就在你们握手的刹那,你觉得你们不能再分开了,因为你们似乎谁都不会放开对方。时间仿佛在那一刻凝固了,你只是感觉到自己正接触着他,感受着这个陌生男孩带给你的惊喜和激动。"我是杰里米,"他笑起来,热情地说,"你说得对,我欠你的——我请你去坐过山车吧,那很有意思。"

你又吃惊又感动,真是不敢相信。这是真的吗? 他是在约你出去吗?

好了,还是不要想这么多了。你突然想起你们的狂欢计划,就为了这个陌生男孩,你会放弃这个你期待已久的狂欢计划吗? 可是,为什么偏偏就是在游乐园大门前,让你碰到了这个男孩? 难道是上天有意让你选择其中的一样吗? 你会答应他吗?

你犹豫了。眼前的这个男孩,你甚至不知道关于他的任何事情。而且,你是和你的朋友们一起来的。你回头看了看你的好朋友——伊莱恩和维多利亚正在远处看着你。她们正朝你做鬼脸。而特雷弗也在看着你,只是当他发现你在看他时马上回避了。当然,特雷弗就是那样的,甜蜜、可爱、亲切的特雷弗。

"你是说就我一个人跟你去吗?"你想了想后问他,对他抬了抬眉毛。杰里米,你在心里默念,想听听这个名字念起来是什么感觉,这感觉好极了。杰里米和你一起看电影,杰里米和你一起逛街,杰里米和你彼此相爱——嘿,快回来,你提醒自己。

"可我并不认识你。"你提醒他,也提醒自己。"这值得我去冒险吗?"你对他笑了笑,似乎在暗示他什么。当这句话从你口中说出来的时候你都觉得奇怪,你怎么突然会有自信这样对一个陌生男孩说话? 这不像是你啊,平时你是那种要么发呆要么说傻话的女孩,你今天是怎么了? 难道是因为杰里米吗? 在他面前,你竟突然生出一股自信来,似乎对你来说一切都变得唾手可得。

杰里米会心地笑了,好像在说没什么不可能的。他一挥手,说:"凡事都值得去冒冒险,这是真理,不是吗?让自己生活得危险一些,游走在边缘,有什么不好?还有其他什么事情比冒险更有意义呢?冒险会让你感受到……"

"自由,"你轻快地接过他的话。你完全知道他在说什么,他的眼睛一下子亮起来,你能肯定,他被你惊呆了。你想象着一切冒险的事情,游猎,滑雪,山地骑车,或是潜水……你还想象着,他在追求你。嗯,这感觉真不错。

"生活就像一次远骑,"他说,"你要做的就是顺着路走,看它到底会带你到哪里去,而今天,它让你遇到了我。这是命运的安排——你不得不承认。"

"我会考虑的,"你说,"如果你给我找点纸巾或是水来的话。"你这身洒了一大杯苏打水的衣服已经开始有点发硬了。"我得把它弄干净。"

"噢,我扯得太远了,"他说,"我马上回来。"说着就跑开了,还回头朝你招手:"别走开,我马上回来。"

他一离开,伊莱恩和维多利亚就跑来问你们聊了些什么。特雷弗则慢悠悠地跟在她们后面,他似乎对女孩子的话题不是很感兴趣。

"噢,天啊,"伊莱恩说,"你遇到了个帅小伙啊?"

"一般啦。"听着伊莱恩这么说,你其实在心里偷着乐呢,不过嘴上还是装作无所谓的样子。

"一般?"维多利亚摇摇头,"他看起来可以打满分,你们说了些什么啊?"

你耸耸肩,心里却非常得意,"他只是想带我去坐过山车,"你故作镇静地说。其实,你心里早就乐翻天了。

维多利亚对你诡异地笑着,说:"那你怎么现在还和我们在一起呢?"

"她可能只是想在你们面前炫耀一下罢了,"特雷弗一针见血还不乏讽刺地说。他这样子让你觉得很意外。他提醒你,"你知道的,我们今天可是约好一起来的。"

"你怎么了?"维多利亚吃惊地看着他。

"特雷弗说得没错,"伊莱恩抢过话来说,"我们是一起来的,我们应该一起去!"

你有点儿疑惑,你想着,如果这位"担心弄乱头发的"小姐居然会愿意去坐过山车,那只有一个原因——

这时杰里米回来了。

"这么快?"你看到他两手空空地出现在你面前,于是半开玩笑地提醒他:"难道你忘了自己是去干什么的了?"

但是,这次你没有看到几分钟前那种温暖人心的笑容。杰里米几分钟前才给你的那种热情爽朗竟然这么快就被拿走了。而且他根本没给你带来纸巾，倒是自己换了一件干净的衣服。你觉得很奇怪，这个家伙怎么了？

"你给我带的纸巾呢？"你有些不爽，故意提高了音量。

他一副很无辜的样子，似乎根本就不知道你在说什么。"对不起，我认识你吗？"他轻轻地说，语气挺严肃。你想，这家伙一定是在和你开玩笑，想讽刺你刚才居然说不记得他。

但一些细节不得不让你起疑，他裁剪讲究的暗灰色衬衣、拘谨的姿势，还有最奇怪的是他突然变得顺滑的头发，你突然被自己的判断吓了一跳——这不是杰里米！

"你不是杰里米对吧？"

你脑海中忽然闪过一幕：那是二年级的时候，在枫树垅小学——两个小男孩一起欢快地在操场上跑过，其中一个就是杰里米，另一个有着和杰里米一样的棕色头发，一样爽朗的笑声，一样的深蓝色眼睛——

"詹森？"你脱口而出，你不知道自己脑海中怎么会突然冒出这个名字来。

你眼前的这个男孩——詹森——他愣了一下，然后笑起来。刚才还一脸严肃的脸上突然露出神秘的笑，这让你有点吃惊。

"我知道是怎么回事了，"詹森说，"你一定是把我当成我哥哥了。"他伸出手来跟你握手，握手的瞬间，你又感受了一次触电的感觉,而且是一个和杰里米长得一模一样的男孩。现在,你全都想起来了,杰里米说得没错,你们以前认识。这对长得一模一样的双胞胎,一个说话大声,性格活泼,而另一个则沉默寡言。看来,他们还是没变。这时,詹森好像也想起什么来,说:"我觉得我好像在哪儿见过你。"

"枫树垅小学?"你提醒他。

他的眼睛一亮,"是的,就是那儿,我想起你来了,"他说,脸上流露出一种兴奋,"我记得,我们以前在自习课上还一起画过画,就蹲在墙角。"

他难道也记得你?这么多年前的事情他都还记得?你突然觉得一丝温暖划过你的全身。"是的,我好像也有点印象。"你想尽量表现得平常一点。

詹森一脸认真地说,"你记得。"他轻轻地说。你们四目相对,彼此凝视。可能——也不知道为什么,有点说不上来,因为你觉得你完全认识他,而且似乎永远都认识他。奇怪,今天是怎么了?你问自己。

詹森打破了沉默,这时你看到他脸上泛起了一点红晕。"我想……呃……"他有点羞涩地说,"我准备今天去坐摩天轮的,你……你愿意跟我一起去吗?"

"我喜欢摩天轮!"你想都没想就脱口而出,"当你在空中时,你会觉得整个世界都是你的,你……"

"能够以一个全新的视角看世界?"他接着你的话说,尽管你跟他不是很熟,但你能感觉到他懂你。他会很认真地听你说的每一句话,你心里很是得意,你每每遇到这种说话时被别人认真聆听的时候就会很忘我,仿佛觉得这世上只有你和你的听众。

而且你竟然忘我地没注意到詹森看你的眼神,他的眼神很深邃,中间却夹杂着一丝紧张。当你意识到什么时,你开始心跳加快,其实,不用说读懂他的眼神了,就连刚才轻轻地握握手都让你很激动。是的,他安静、严肃,一点都不像——

啊—哦。

你这时才想起去给你拿纸巾的杰里米来。他刚才还说想带你去坐过山车的。好的,静一静,你对自己说,不要再左右摇摆了。

但是看起来麻烦大了,你的确非常想和杰里米一起出去,飞快地忽上忽下,感受着全身心的刺激。但是,你也很好奇,到底詹森紧张的眼神后面隐藏着什么秘密,而与他一起去坐摩天轮,也许你能发现些什么。

→ 如果你决定与杰里米一起冒险坐过山车,请翻到 28 页

→ 如果你想和詹森一起去坐摩天轮,请翻到 44 页

→ 如果你觉得不想让你的朋友们扫兴,而想让这两个男孩跟你们一起去游乐园的鬼屋的话,请翻到 57 页

No.2

你把最后一根炸薯条扔进嘴里,庆幸今天遇到的是杰里米,因为你不否认,这是一顿令人愉快的午餐,你很久都没有这样开心过了。你看着他,说:"你一定不能一口气把这杯牛奶喝光。"

杰里米抬起头来,对你笑了笑:"那咱俩打个赌?"

"可以啊,随便赌什么都行。"

"好,如果我做不到,那么今天这顿饭我来买单,但如果我做到的话……"

"那么怎样?"

"那吃完饭后你必须陪我到海边散散步。"

"没问题——我敢说我一定能赢。"但其实你更希望自己输掉,因为今天和杰里米在一起你确实非常愉快,而且你还不想这么早就结束。

杰里米把他的牛奶杯举起,在你面前晃了晃,说:"看着吧,一口干!"于是仰起头开始喝起来,你只见他在不停地咽,杯子里的牛奶越来越少,你都为他屏住呼吸,可还没等你回过神来,他就把杯子倒过来了——一滴不剩!杰里米站起来对你得意地鞠了一躬:"还敢小看我?"

果然厉害!但你看着他嘴边沾了一圈白"胡子",还一脸得意,样子着实滑稽,忍不住笑起来。杰里米确实和他弟弟不同,他是不如詹森深沉、聪明,但他却有着詹森所没有的热情,他似乎每时每刻都这么精力充沛,当然,他还总是这么幽默。

"可别忘了我们刚才打的赌哦。"杰里米提醒你。

结完账后,你和杰里米比赛谁先跑到海滩,当然,杰里米赢了。你几分钟后才气喘吁吁地跑到那儿,当你一脚踏进海滩上柔软的沙地时,差点儿没站稳一头栽倒。不过,在沙地上奔跑倒是一件很惬意的事情,让你觉得自己又回到了孩提时代。

当你们停下来开始在沙滩上漫步时,杰里米说:"我喜欢大海。冲浪,潜水,跳水,在海里可以做很多有意思的事情……但是你知道我最喜欢的是什么吗?"

你摇摇头,在你心里,最有意思的就是在海滩上垒沙堡,而且是一个巨大的沙堡,大到你们可以钻进去捉迷藏。但你想,这个太幼稚了,杰里米应该不会喜欢这个吧。

"航海。"杰里米说着望向远方。"我过去常常和我爸爸一起去航海,当你航行在大海上时,四周都被海水包围着,阳光照耀着你,海风带着海水的咸味拂面而来,你知道那有多惬意多自在吗?"

你静静地看着眼前的杰里米,一句话也没说。你开始意识到,杰里米似乎并不像你一开始所认为的那样,只是个爱冒险的家伙。眼前的他还给你另外一种感觉……他描述大海时的感觉是多么诗意。你甚至觉得他刚才说的那番话会令所有诗歌都黯然失色。这一点,也许就连詹森也不如他。

"怎么了?"杰里米发现你好一会儿没说话,问。

"没什么。"你有点不好意思,你可不想让他知道你刚才在想什么。

"我敢说一定有什么,"他说道,"告诉我嘛,我知道你刚才一定在想些什么。"

"快说。"杰里米是那种好奇心很强的男孩,你知道他一定会打破沙锅问到底的。不过话说回来,你还蛮喜欢他这样子的。

"我一定会让你说出来的。"

"有胆量你就试试。"你朝他半开玩笑地说。

"你会为你这句话后悔的!"他一边警告着一边伸手开始挠你痒痒。你可招架不住这个,你平时最怕被挠痒痒了,他这一连串的攻击让你笑得喘不过气来,"好了,好了! 快住手!"你一边尖叫着一边躲闪,"我投降了!"

他这才停手,你终于喘了口长气,说:"我刚才在想,跟你在一起确实非常有意思。"

"就这些?"不过你看得出他听你这么说后非常得意,他眉角一扬,说,"跟我在一起你当然会觉得有意思,谁跟我在一起会不开心?"

他在挑逗你,你突然这么想。而且你刚才似乎也在挑逗他。你不禁有点担心接下来会发生些什么。被他挠痒痒后你变得很兴奋,如果他再挠你的话……你想到这儿不禁打了个激灵。

"冷了?"

还没等你回答,杰里米就脱下自己的毛外套给你披上。你很享受地缩在他温暖的衣服里,感受着还残留在上面的体温和气息。他的衣服上有一股刚洗过后的淡淡的清香,你喜欢这样的味道。

杰里米把你搂到他面前面对着他,体贴地帮你拉起拉链。他的手在你下巴旁停下了,你看着他的眼睛——这是一种很奇怪的感觉,他的眼睛和詹森的一模一样,一样的深棕色,一样的明亮。然而,在某种感觉上,杰里米的眼睛和詹森的又不一样。他的双眼里流露着笑,欢乐,还有善良——至少你现在是这么觉得的。

"我很高兴自己刚才和你打赌输了。"你温柔地说。

他用手轻轻地捧住你的下巴。"我很高兴詹森长了那个疮痘。"他承认。你还没来得及笑一笑,或是感觉到内疚或者说点什么,他就轻轻地抬起你的下巴,并温柔地一点点靠近你,直到他的双唇碰到你的。你不禁又打了一个激灵，他体贴地搂住你的后背，把你紧紧揽入怀里，用他温柔的吻来温暖你。但是你并不是冷，事实上，你一点都不觉得冷，反而觉得杰里米点燃了你心里的火。你希望这一刻永远地持续下去。

"你们在这做什么？"一阵刺耳的、愤怒而又熟悉的声音在你们身后响起，"你竟然敢背着我这样做？"

你和杰里米马上条件反射似的分开了，但是已经晚了。詹森已经全都看到了。他就站在你们身后几步之遥的地方，而且因为愤怒，身体都有些发抖。

→ 请翻到 184 页

No.3

你到湖边时,杰里米已经在那儿等着你了。湖边景色很美,周围环绕着葱郁的大树,湖水如同一面清澈的蓝色镜子,倒映着远处的群山。不过,你没有心情来欣赏大自然的美景,你来这里只是想把话说清楚,把问题解决了你马上就走。詹森、珀涅罗珀、帕特丽夏都不在。正好,他们出现前你可以单独和杰里米谈谈。

"你能来我真是太高兴了。"杰里米见到你来马上给你了一个热情的拥抱。你不否认,被他拥在怀里的感觉其实很不错——很让你有归属感。

"杰里米,我想我得告诉你,我来这里只是想对你说明,我们之间结束了。"

"仅仅只是因为你不喜欢冥想吗?"

"是的。"

"呃……挺好的。"你突然注意到两个奇怪的细节。第一,你这样说,他看起来既不生气,也不失望——事实上,他似乎还因为你说冥想很荒唐而有些开心。第二,也是你觉得最奇怪的是,他似乎忽然间变得睿智、聪明了,你之前见到的他绝不是这样的。难道是你之前一直看错了他吗?

"你有没有冷静下来、抛开你所有的偏见好好想过,我那样冥想,只是因为我需要一个看似'很蠢'的方式来自我认知,而那是一个人平时很难做到的。坦诚地面对自我,审视自我……那甚至不好用语言来形容。"

"也许吧,但是我不认为一个对这些愚蠢行为乐此不疲的人能够做得到真正的自我认知,"你对自己的反驳很满意,你喜欢辩论,不过没想到自己会和杰里米就这样一个问题来进行辩论。"并且,我不认为——"

"你喜欢音乐,对吗?"你还没说完,杰里米就打断你。

你放下防备,点点头:"我当然喜欢。"可是你奇怪他怎么会突然说起这个。

"为什么呢? 对于那些你特别喜欢的歌,有什么特殊的原因吗? 你在选择哪些歌喜欢哪些不喜欢时有什么特别的标准吗?"

"当然没有,我喜欢某些歌仅仅是因为那听起来让人觉得舒服。"

"很好,"他自信地说,"你自己也承认,你喜欢一首歌并没有什么特殊的原因,仅仅是因为这让你觉得舒服,一种无法用语言表达的满足感,这跟我喜欢瑜伽有什么区别呢?"

你摇摇头,这不像是你所认识的杰里米说出来的话,有思想,有逻辑,句句见理,他的眼睛中闪烁着智慧的光芒,而且他的话的确有说服力。你已经认可了他说的全部,不过你还是说:"你说得没错,但是我仍然保留我的意见,我觉得冥想很蠢。"

杰里米笑起来,说:"是的,我完全同意你的话。"

"什么?"你突然觉得有点不适应,他出乎意料的话似乎打乱了你所有的思绪。

"我只是很好奇,想试试你,想看看你到底有多讨厌那样的事,因为,因为我听你说过你觉得那很愚蠢。但我保证以后再不会这么做了。"

"试我?"你突然有些不高兴了,你从来不喜欢别人考验你,虽然你并不相信杰里米所说的,"我可不这么想,我认为你练瑜伽时的冥想是认真的。"

"没错,杰里米确实是认真的。"

"但是——噢……"你突然觉得自己是个白痴,你怎么就没意识到眼前的这个人根本就不是杰里米呢!你跟詹森说了这么长时间怎么就丝毫没有察觉到呢!你怎么就没发现呢?

"你怎么了?"

你一下子舌头打结，一句话都说不出来。好一会儿后，你才憋出几个字来："我真是晕了。"

"我觉得你在狂欢节上真的非常可爱，"他说，脸开始红起来，"但是当你选择杰里米时，我觉得你可能跟我并不是一类人。你知道，杰里米和我不一样。"

"继续。"

"但是我不能不去想你——昨天晚上，那个电话，你以为是杰里米打来的——"

"别告诉我那是你？"

他点点头，这时，你发现他的脸已经通红了。"我本来是想跟你解释的，但是你一接到电话就那样说，我知道你认错声音了，以为是杰里米打的，是的——我承认自己当时起私心了，因为我觉得很容易让你相信我就是杰里米，所以……但我保证，我只是想和你说说话，想见你，请你千万不要生气。"

你根本生不起气来，一个这么帅、这么聪明的男孩对你说他多么渴望见到你，和你说话，你怎么可能会生气呢？一个眼神里流露着真诚和温柔的男孩站在你面前请求你的原谅，你怎么还会生气呢？你只是呆呆地看着他，一句话都说不出来。

"我觉得你事先应该告诉我，"你说。"我不喜欢别人对我撒谎。"他脸色暗淡下来，似乎因为自己犯了一个不可挽救的错，连自己都不愿意原谅自己。你有些不忍心，你并不是这个意思。

"但是我很高兴在这儿见到你,见到詹森你,而不是杰里米。并且,如果你保证以后不再骗我,我也许——"

他激动得一把抓住你的手。"跟我来。"他急切地说。

"干吗?现在吗?"

"不,是明天。明天我组织了一帮朋友来这里划独木舟——一定会很有意思。我希望你也能来。"

你确实很想多了解一下詹森,尤其是能来湖畔这样美丽的地方,你想象着你们泛舟湖心的样子,一定会很浪漫。但是你不想和一大帮子人一起约会。如果他真的是很想见你的话,为什么不单独约你呢?"我确实很想去,可是,我已经和我的朋友依莱恩有约了。"你尽量委婉地说,不过,和依莱恩有约也是事实。你明天的确是和她越好了去逛街的。只是,你更看重的是和詹森的约会。

"没关系,那就把她也叫上!"詹森说。

你在心里盘算着,也许,一大帮人一起出去玩不会让你觉得有什么压力,尤其是还有依莱恩陪你一起去。毕竟,你和詹森还不是很熟——也许你应该多留点时间慢慢和他接触的,而不是一开始就和他单独约会。你又看看詹森那双充满真诚的眼睛,想着听他说话是多么美好的事情,你想象着你们一起吃烛光晚餐,在浪漫的烛光中深情地对望……不过,如果詹森不这么想的话,你最好还是别花痴了。是啊,如果他根本就不喜欢你呢?

→ 如果你并不介意和他的一帮朋友去划独木舟,并且你决定约上依莱恩一起去的话,请翻到 120 页

→ 如果你鼓足勇气,告诉詹森你只想和他单独约会,真正的约会,请翻到 233 页

No.4

"这个吻的确是令人吃惊呵……詹森。"

他没有作任何辩解，就好像是承认了你说的一样。但是，当你叫出他的名字的那一刻，他的脸变得绯红，他放开你，向后退了一步。"你怎么知道的?"他平静了一下说。

其实你自己也说不上来自己是怎么知道的。只是你内心的某个地方似乎已经感觉到了。不过你不会对他说这个，你只是耸耸肩:"你为什么要这么做? 这就是你对我开的玩笑么?"

"不是的!"詹森突然激动地叫起来，你看到他痛苦地把手指放到自己的嘴唇上，似乎是在回味刚才吻你的感觉。"我只是——我真的非常喜欢你。而且我知道你从来不曾注意过我，尤其是杰里米在的时候。"他叹了口气，"是的，只要杰里米在，就没有人会注意到我。我已经习惯了，但是对你……"他温柔地伸手捧起你的脸，"在我眼里你很特别，但我知道你似乎更喜欢杰里米。"

"杰里米在哪里？"

詹森把目光移开，看着别处，说："他，呃，在里面，他在换衣服。"

你知道他在撒谎。他看起来很不善于撒谎——不过在你看来，不会撒谎的男生其实才可爱。"他到底在哪儿？"你犀利地追问。

詹森沉默了一会儿，说："他已经从后门走掉了，现在，他也许正在和帕特丽夏……"

"噢。"你突然不知道该说什么了，甚至也不知道是不是该觉得难过。

"我很抱歉，"詹森说，"我真的非常抱歉。他是个大傻瓜，我知道你喜欢他，可我却让你……我不该冒充他，我，对不起。"

"我其实没什么可难过的。"你突然说。

"你不难过？"詹森看起来非常吃惊——不过再吃惊也没有你吃惊，连你自己都难以相信怎么突然会有这种感觉。

"你不生气了？"

"我不生气吗？"

"呃……"你对他微微一笑："可能有一点吧，不过，我们可以解决的啊。"

"我们？"

其实，你并没有对杰里米死心塌地，而且，在你吻了詹森之后,你已经确定自己刚才不过是被杰里米的体力和外表吸引罢了。现在,你知道,你眼前的这个男孩其实是杰里米远远比不上的。

虽然他不像杰里米那样第一眼就能让人感受到活力和热情,但是,他的温柔和善良却是杰里米无论如何也比不上的。他就是你曾经想象过无数遍的男孩,不像杰里米那么有活力又怎样?那根本无关紧要。即便是他刚才骗了你,那也完全是因为他喜欢你,而且你甚至都觉得这样的欺骗是那么浪漫。

"我不想充当你的替代品,"詹森有些失落地说,"如果你是因为杰里米……才这样说的话,我不想……"

"你们俩中我只喜欢其中一个,只想和他在一起,"一种自信和冷静开始在你内心膨胀起来,你非常清楚自己的决定是什么,而且你知道这是一个正确的决定,"那个人,他就站在我跟前。"

当你这句话出口的时候,詹森愣住了。

可一瞬间,他笑起来了,笑容在他的脸上一点点溢出,就好像是一个顽皮的孩子刚闯了祸,得到了原谅后既高兴又仍带着些忐忑的样子。他一时不知道说什么好。但你看得出,他写在脸上的表情还不止这些,还有一种莫大的惊喜,你想,他绝对没想到你会说这些话。

"噢,我们的谈话结束了吗?"你眨眨眼睛提醒他说点什么。接着,你主动打破了这个有些尴尬又有些令人激动的气氛:你向前迈出一步。

　　就像你期待中的那样,詹森也迈出了一步,你难以形容你们是怀着怎样的心情走近对方的,你只知道你们正紧紧地抱在一起。只知道现在的这个吻就像刚才的一样醇香、甜蜜,只不过,这一次,你很清楚自己在吻谁——你正在吻的就是你要找的那个人。

　　☺ 结束

No.5

你的笑话刚出口你就后悔了,这是你讲过的最蹩脚的笑话。而且詹森看起来一定是误解你了,你尴尬地笑起来,希望詹森也能一笑了之。

但他没有。

"我才想起来我还有些其他事情要做。"他甚至都没有看你一眼,你不愿相信是你那个不合时宜的失败的笑话搞砸了这一切。

"真的是这样吗?"你问他,希望他不是真的生气。

"我真的有事得走了,我再给你打电话吧,谢谢你今天能来。"他说完就转身走了。

他走了。"谢谢你的邀请。"你更像是在对着一团空气说,而不是对他。

那天晚上,你一夜辗转反侧无法入睡。你不断地想也许詹森说的是真的。毕竟,是他主持的诗会,散场后他也许真的有些事情要忙。他可能不是真的在找借口回避你,但你知道那样想其实是在骗自己——不过,如果不是你当时那样笑,你根本不会知道詹森是这样的人。

但你内心仍然希望你们之间会好起来。

第二天,你一直在等他的电话,但他没有打来一个电话。你在电话机前枯坐了四个多小时都没有等来一个电话。你想,也许做点其他什么事情,电话就会响起来的。于是你不断地给自己找事做,一会儿去看电视,一会儿看书,或是修修指甲,但你根本没法集中精力,哪怕就是几分钟。你仍然在期待,希望他打电话过来告诉你没事。

最后,你想起电邮,兴许他会给你发一封电邮呢?你打开电脑,果然,信箱中有一封他的新邮件。

你屏住呼吸,有点颤抖地点开了那封信。

"你是个有个性的女孩,但是你的幽默感却令人不敢恭维。祝你愉快。詹森。"

你一下趴倒在桌上,眼泪哗哗地流下来,你第一次这么难过。你以为詹森就是你今生的最爱,你以为他就是属于你的那个人,你以为你们可以永远在一起的。

命运在跟你开玩笑。

☺ 结束

No.6

"我很抱歉，"你说，"其实……"拒绝詹森你真的觉得很遗憾，都不忍心正视他的眼睛。"你哥哥杰里米刚才已经约了我去坐过山车了，而且我……"

詹森耸耸肩，做出一副无所谓的样子。但是他的眼睛里却写满了失落——这个小小的细节让你不免有些开心，起码这会让你觉得他在乎你。但你想，你选择杰里米也没什么说不过去的，至少你是先见到他的，再说了，你的确挺喜欢他。哪怕詹森刚才看你的眼神就好像你是他的唯一。

"嗯，听起来不错，杰里米是个好小伙。"詹森说完便转身走了。

"詹森——"

他停住了，转过头来看着你，似乎你的这一声呼唤重新燃起了他的希望。

"呃……这次能再见到你，我真的非常高兴。"

这时,他欣慰地笑起来,"别担心,"他说,"我们以后还有机会再见面的。"

说完,他留给你一个满足的笑容后离开了。你看着詹森远去的背影,心里有些内疚,你想也许自己应该留住他的。就在这时,杰里米出现了。看见杰里米,你初见他时的感觉又回来了。他灿烂的笑容、爽朗的笑声给你的印象实在太深刻了。他光鲜灿烂的样子把你对詹森的那一丝内疚一扫而光。

"给你,我的公主,"杰里米递给你一叠纸巾,手里还拿着一杯水。他看着你奇怪的表情,问道,"这么快就不记得我了?"

"我只是觉得很吃惊,刚才我竟然见到了你的双胞胎弟弟。"

"詹森?"他的脸上突然掠过一个奇怪的神情。难道……难道他有些吃醋?

"我本来想邀他和我们一起去玩的,但是……"

杰里米大笑起来。"詹森还从来没有坐过过山车,刺激惊险的东西从来就不是他的游戏——你知道,有点意思的东西他都不喜欢。"杰里米说着牵起你的手,那一刹那你的心都快跳出来了,你完全没想到这个帅气开朗的男孩刚认识你就会有如此举动。"走,我带你去玩好玩的!"他看起来就像一个调皮的小男孩,在你跟前跳上跳下,蹿来蹿去。你笑起来,放下了心里的顾忌和距离,开心地跟着他向游乐场走去。他的开朗活泼感染了你,你觉得自己的脚步也轻快起来。

当然，一路上，他一直牵着你的手。

在平时，你是最讨厌排队的了，每次排队时你都超级没耐心，根本不愿意多等一分钟。可现在，你却想就这么一直排下去。因为杰里米实在太有意思了，他一直在你身边不停地说啊说啊，说他在洛基山脉的滑雪，说他在夏威夷海滩的冲浪。他还说从山坡上骑车往下冲的感觉有多刺激，在他的描述中，你仿佛也感受到了你双手紧抓着车把，脚任由着脚踏板飞转，风冲着你迎面飞过……杰里米似乎把你带入了一个全新的世界，你从未到过但却一直梦想的世界——你跟随着他的步伐，感受着他的激情。

"那你们家搬来这里对你来说很不幸啰，这里似乎没什么好玩的。"其实，说这话时，你在暗自庆幸他们搬到这儿来，因为，他们为你带来了一个如此五彩斑斓的男孩。

"不会啊。"他摇摇头，他那蓬松的棕色头发在额前飘逸起来。他确实是个无比快活、无比阳光的男孩，在你看来，他的一举一动都让你觉得是如此美好。

"在这儿你可以做很多有意思的事情啊，"他开始一个个跟你细数起来，"爬山啊，漂流啊，划船啊——咦，我们什么时候可以一起去那条河玩啊，我可喜欢那里了。"

你有点受宠若惊，他刚才说什么来着？他说"我们"？难道他现在就已经把你和他联系起来了？他已经开始说"我们"了？

幸好杰里米没注意到你的异样,这时,你们的队也排到了。

"快点,快点,"杰里米催你,他拼命拉着你往前挤,"快点,我们去坐第一排!"你依旧是那样,每次杰里米碰到你的时候,你都会心跳加快。

你以前坐过山车的时候从来都不敢坐第一排——不过现在,杰里米就在你身边,你一时头脑发热,想你应该能行,就算是冒个险啰。

你放下保险杠后就紧紧抓住扶手不敢放了。说实话,你其实紧张极了,你喜欢过山车,但每次当过山车猛地冲上顶峰或是从最高点俯冲而下的时候,你都会吓得脸色煞白。那的确是种刺激——当你开始在加速度下失重时,你的心都快蹦出来了。

过山车开始起动了,并且开始不断地加速,向着高处驶去,越来越高,越来越高,直到你感觉自己完全被抛向了蓝天,你的头发在你脑后垂散开来,你觉得你的心似乎也要掉出来了。接着,你们在空中停留了一秒钟,你连一次深呼吸都没来得及做,就被后面的车厢推了下去,从最高点向地面直冲而下!

你们的车厢飞驰而下,越来越快,越来越快,风更是越发有力地迎面打来,你紧张得几乎闭上眼睛,整个世界似乎都在飞驰。你紧紧地抓住扶手,瞟了一眼身边的杰里米,他竟然根本没抓着扶手,而是把双臂放在脑后,惬意地枕着自己。

你简直不敢相信,坐过山车的第一排居然还敢这样。

你张开双臂，风从你的指间呼啸而过，你气都喘不过来，只是惊恐地尖叫，但声音刚一出口就被过山车的轰鸣声淹没了。

就这样，过山车到了终点。

"太可怕了！"你气喘吁吁地说，两条腿已经有些不听使唤了。

"嗯，超级酷，"杰里米看了看表说，"呃，我现在有点事情得去打个电话，不过，我待会儿还接着去其他地方玩，你也去吗？"

杰里米四周看了看，当他看见不远处的一个金属制的大飞车时，眼睛一亮，说："我待会儿就来玩这个，你就在这等我嘛，我大概十分钟后就回来。"你看着他指着的飞车，这个看起来像个大章鱼的飞车带着很多触须在空中一圈圈地旋转，时高时低，时快时慢。"怎么样？待会儿见啰？"

你不知道玩得好好的为什么杰里米突然要神秘地离开，不过还是无奈地点点头，"好吧。"

杰里米对你挤挤眼睛，拉过你的双手轻轻拍了拍。这让你又一次心跳加快，你尽量屏住呼吸缓解这种紧张，但还没等你平静下来，他就已经走了。

"我就说可能会在这找到你的。"一个熟悉的声音在你身后响起。

你转过身去，看到了詹森，他手里还拿着一块漂亮的棉花糖。

詹森羞涩地笑起来，把手里的棉花糖递给你，"我想你可能会喜欢的。"

"但是你怎么——"

"我看到你的衣服就猜你可能喜欢吃棉花糖,"詹森解释道,"而且我想你衣服上的污渍一定是我哥哥弄的。"

真是个体贴细心的男孩,不过,即便是这样,你也不会觉得很意外,因为詹森看起来就是这样的男孩。你开心地接过了棉花糖,咬了一口,嗯! 好甜,好好吃。

"谢谢你,"你真想连手指头也舔干净,不过,你知道那样会显得很不淑女。"真是太棒了!"

"呃,我……我现在打算去宠物园,你……"詹森欲言又止。

"不会吧?"这句话根本就没经你大脑就冒出来,因为你觉得这根本就不是这么大的男孩会去做的事情,这让你觉得很意外。

詹森一下子脸红起来,低着头看着自己的鞋子,非常不好意思地说:"我知道你一定会觉得这蛮可笑的,但我确实非常喜欢动物,尤其是小羊羔。"他看到你还在笑他时脸更红了,于是用几乎是恳求的语气对你说:"啊唷,别笑了嘛。"

但你其实并没有在笑他,你笑是因为你想起你上一次去宠物园时的情景。那时,你还是个小女孩,你当时太喜欢那里了,居然后来还要赖不走。那时,你是那么喜欢那些小动物,让你呆上一整天看它们你都嫌不够,尤其是小羊羔更是你的最爱。

"我知道你不大会跟我一起去,"詹森说着略带迟疑地把手伸向你的下巴,轻轻地在你嘴角边拂了一下。"你,呃……你脸上沾了点棉花糖,"他刚解释了一句,就飞快地把手缩回去了,似乎有点不敢相信自己竟然试图碰你的脸。你也不敢相信,你不敢相信自己竟然会喜欢他的手指碰到你时的感觉。你忽然觉得,眼前这个严肃害羞的男孩其实很可爱。你甚至都想和他一起去宠物园看小羊羔了——那杰里米怎么办呢?他可能十分钟后还会过来的。即便刚才坐完过山车后他就那样把你丢在一边自己溜掉让你觉得很不爽,可是,如果待会儿他回来后发现你已经走了他会怎么想呢?不过,话又说回来,你好像也没有答应过他什么呀……

→ 如果你决定不管杰里米了,而和詹森一同去宠物园,请翻到 69 页

→ 如果你决定等杰里米回来,继续和他去玩那些惊险刺激的游戏,请翻到 130 页

No.7

你已经拒绝和杰里米一起去远足了——但那天晚上,电话又来了。

"我说了不想去,"你一听到他的声音,就知道他又来约你了,你觉得烦透了,所以还没等他开口说话——"我说了不想去。""我知道……我只是想知道为什么。"你听得出他很失望,"我们是去户外远足啊,是跟大自然亲近的好机会啊,而且我们也可以更好地相互了解,不是吗?"

他试图说服你,但他的话只让你更加坚定自己的决定。你跟他根本就不是一个类型的人,更何况说实话,你受不了他那种随性、荒诞的性格。你原以为喜欢瑜伽的他会有深沉、安静的一面,但正如你亲眼所见,那只让你觉得他很蠢。

"你今天就这么不高兴吗?"见你一句话不说,他小心地问你。

不是说坦白是最好的解决办法吗?

"那不是我所喜欢的事情，"你最后决定把什么都说出来，当然，坦白一切让你感觉好多了。"我是那种喜欢有形事物的人，明白吗？实用的、真实的，而不是那种古怪、荒诞的，而你似乎正对这些很着迷——我们两根本就搭不上边。"

"别说了！"他突然打断你，"这并不是我的全部，我会证明给你看的。明天到湖边来找我，詹森也约了珀涅罗珀，我们可以去划独木舟或是干点别的什么。一定会很有意思的。"

"杰里米，我对你说过，我不喜欢——"

"我们在狂欢节上不是玩得很开心吗？"他抢着说。

"是的。"你不否认。

你无法忘记狂欢节上的快乐，"也许。"你说。

"来吧，我是认真的——再给我一次机会吧。我会证实给你看真实的我是什么样子的。"

"呃，好吧，也许……"你在想，仅仅因为他在瑜伽课上的荒唐表现就把他完全否定掉，这真的公平吗？而且你似乎的确没有道理凭这样一件事就给他判死刑。个人的喜好不一样，如果他会因为你不喜欢吃鸡蛋沙拉就否定你，你又会作何想法呢？你觉得自己做得有些过分了，甚至有些荒唐。

但另一个你又在说，你必须要面对现实，因为很明显，任何一个会喜欢比利教练那一套的男生都不会喜欢上你的，当然，如果一个男生会喜欢你，那么他是绝对不可能喜欢比利教练教的那种荒谬可笑的东西的。在事情还没开始之前就将它结束会不会是明智的选择？你是不是该在任何人受到伤害前就避免掉一些事情呢？

→ 如果你觉得你应该再给你和杰里米一次机会，看看他会怎样证实自己，而决定明天去湖边和他会面的话，请翻到 53 页

→ 如果你决定去当面跟杰里米解释清楚，你们之间根本就不合适，你不想再跟他纠缠，请翻到 16 页

No.8

当时答应詹森去参加他们的表演秀的时候听起来确实是个好主意——但现在真要去了,你可不这么想了。

你这一下午,真把自己给折腾的,整整一个小时里,你都在试衣间里不停地换来换去,这件也不好,那件也不合适,就是找不到一件满意的衣服去参加表演秀。最终,你好不容易挑中了一套:浅蓝色上衣、小短裙、粉红色的小皮鞋,就它了! 这身打扮确实让你显得非常可爱,你在镜子前照来照去,觉得很满意。

但是,在你进入会场之前,你是不会知道自己犯了多大错的——会场里几乎所有的人穿的都是黑色的衣服——撕碎的袖子、扣着大号别针的肥大上衣、鼻环、造型诡异的发型。他们还几乎都染着漆黑的头发,甚至有个女孩把自己的头发染成了亮紫色。你当时脑子里只有一个念头:你来错了地方。

当然,人们也在用同样诡异的目光打量着你,你一身纯情乖乖女的打扮也把他们吓了一跳。

"你可来了！"突然一个声音在你身后响起，"老天！你怎么穿成这样？！"

"詹森？"你回头看见一个男孩，眼睛深棕色，脸上带酒窝，也分不清他是詹森还是杰里米。

"再猜猜。"

你这时才注意到他蓬乱的头发，一件褪了色的 T 恤上花花绿绿地乱涂着一堆杂色，大洞小洞的牛仔裤，强健结实的胳膊。"是杰里米，"你赶紧纠正。

"怎么，让你失望了？"

说实话，看到眼前这一堆颓废的家伙，你的积极性已经打了很多折扣。但你还是赔着笑，"怎么会呢？呃，詹森，在哪儿啊……"

"他正在后台忙着布置呢，他怕你一个人闷，特地让我过来陪陪你的。"

"哦，他还挺贴心嘛——"

"他这是狡猾，我保证，你一定不会对这帮自作聪明的家伙感兴趣。"

听杰里米这样贬损詹森的朋友，你有些过意不去——不过你也承认，幸亏有杰里米在这陪着你，尤其是你现在还得等将近半个小时表演秀才会开始，如果杰里米不在，你还真不知道该怎么打发时间。杰里米很会说笑话，一直陪你说啊笑啊的，时间很快就过去了。

当灯光熄灭,你看到詹森出现在临时搭建的舞台上时,不禁有些失望。相比之下,你更愿意找个安静的地方和杰里米继续你们的聊天。

"你真的不想离开去吃点披萨?"杰里米在你耳边小声说,你能感觉到他的鼻息,暖暖的,湿湿的,你对他笑笑,"嘘!"这时,第一个表演者出场了。

这是一个跟你差不多大的男孩,一大蓬乱糟糟的黑发很显眼,一副粗边的黑框眼镜架在鼻梁上,身上是一件旧 T 恤,腰间系着一条磨损得很厉害的麻绳——当然都是黑色的。"我是海象,"他说话时用一种顿音,非常奇怪,"我是龙虾。我是螃蟹。我是大海。而大海,同时……也是我。"

你捂住嘴差点没笑出来,你身旁的杰里米虽然一言不发,但也是笑颤了肩。看到你也强忍住笑,他索性从背包里掏出两支铅笔,塞进嘴用牙咬住,"我是海象,哈哈,我是海象……"

你难以形容自己是如何克制住没笑出声来的,你只知道,如果你要是不忍住的话,自己一定会闯祸。要知道,这家伙有多么一本正经。

你想叫上杰里米悄悄溜走——你实在是听不下去了。

后来,詹森上台了,他拿起话筒的时候,你不禁屏住呼吸,你很担心詹森会不会比刚才那个海象男孩还夸张。

如果他真的更糟糕,那怎么办呢?

杰里米在你耳边吹了吹口哨,你没有理他。刚才的搞笑瞬间已经烟消云散,你现在脑子里只有一个念头,就是担心,为詹森担心,当然你更为你自己担心,因为你知道,你是受詹森之邀才来的,待会儿他一定会让你谈感想的,如果他真的像刚才那男孩一样,老天,你可怎么评价啊!

最关键的是,你撒谎并不在行。

"这首诗,写的是一个我认识并不太久的人,"詹森在麦克风前轻声地说,"但是,我却觉得我认识她很久很久了。"你屏住呼吸,这家伙,他该不会是在说你吧?"她就活在我的心里。"詹森清了清嗓子,开始念道,"火光、电光在我眼前闪过,我忽然焕然一新,为了她,为了和她同在。在她眼里……"

他继续念,你就仿佛被施了魔咒一般,在他的声音中越陷越深。他让你很震惊,不仅仅是因为他在赞美你,更因为他远远超出了你的想象,你完全没有想到,这些优美的词藻在他充满深情的音调中会显得这样动人,每一个词、每一个停顿都恰到好处。当他结束时,全场掌声如雷。你脸庞烧烧的,他喜欢你,他喜欢你,你一遍遍回味,老天! 你竟然有机会和这样一个才子约会!

詹森也在掌声中涨红了脸,当掌声停下时,他向大家挥挥手,说,"现在,我想邀请一个特殊的人上台来,和我们分享一下她亲自创作的歌曲。"

特殊的人？

当然，你"中奖"了，他正看着你。

不。不。不可能。你绝不会把自己的歌亮出来的。"我知道，你有一个诗人的灵魂，"詹森继续在台上说。你简直都快把自己埋到沙发里去了，恨不得赶快找个裂缝逃走。杰里米推推你，笑着说，"快去吧，就是你了，我们的大莎士比亚，快上台去啊。"

你已经紧张得连呼吸都不顺畅了，你真担心自己会一头晕过去。但你又心存侥幸地幻想自己真能战胜自己的恐惧和紧张，顺利过关。天呀！詹森是怎么了？他怎么能在你毫无准备的情况下把你叫到台上去?!

此刻你的内心七上八下，不停地斗争。你从来没有把自己的歌给人看过，尽管那些歌每一首你都能倒背如流。但另一方面，你又在想，如果你写的那些歌没有任何人去读的话，那又有什么意义呢？如果你大方地和大家分享，说不定大家会喜欢呢？说不定你还会从此成为明星呢？可是，可是万一别人觉得你的歌很傻呢？万一别人觉得你和你的歌一样傻呢？你强烈的自尊心让你充满畏惧。但如果走上台去了，那无疑将是一个勇敢的举动——至少比你躲在台下做个胆小鬼要明智得多。

→ 如果你深呼吸一口后，勇敢地走上台去，和大家分享你的作品，请翻到191 页

→ 如果你不愿意在这群古怪的人面前让自己像个傻瓜，请翻到 227 页

→ 如果你觉得上台去，只是随便找首流行歌词来敷衍一下的话，请翻到244 页

No.9

摩天轮带着你们缓缓地升向天空,越升越高,越升越高,你们的脚下,狂欢节的灯火在跃跃欲试,似乎在期待着夜幕早些降临。落日的余晖把天边染得绯红,遥远的地平线也张开宽阔的胸怀,迎接着即将落山的太阳。此时此刻,整个世界一片宁静祥和。

"这是一天之中我最喜欢的时刻,"詹森陶醉地闭着眼睛说,他把脸迎向天空,享受着扑面而来的习习凉风。"这个时候,我总能感觉到自然界生命的周而复始,生生不息,蕴含着无限的可能。"

你正沉醉于听他描述着这种神奇的感受时,他却突然停下来,对你一笑,抱歉地说:"真不好意思,我这么说是不是让你觉得太自命不凡了? 我扯得太远了。"

"没有,没有,"你马上接过话,"你所说的我也能感觉到……只是我以前从来不知道如何用语言来形容。"你发现这个男孩是如此敏感。这时,你也意识到你们的腿正挨在一起——你想知道他是否也注意到了。他是故意凑这么近的吗?你希望是的。你悄悄地朝他那边移了一点点,好让你们的胳膊也挨得近一些。

"告诉你哦,我还记得好多我们小时候的事情。"虽然他说话的时候没有看着你,但是你知道他其实正仔细地留意着你的一举一动。"我记得有一次有几个小孩在玩一条毛毛虫,他们正准备杀了它——但是你救了那条毛毛虫。"

"你居然还记得这个?"你装作一副还记得的样子,其实你根本一点印象都没有。不过你不好意思承认,说实话,你连詹森这个人都没多少印象。你只是隐约记得小时候有一个害羞的男孩总是把自己埋在书堆里。相对来说,他那个随性、疯狂的哥哥你的印象还深些。"我那时候看起来一定很傻吧,居然会去救一条毛毛虫。"你笑着说,但詹森还是一副很严肃的样子。

"在那样小的年纪就懂得尊重生命,"他认真地说,"让我非常佩服。"

詹森开始对你说起一本他曾看过的关于尊重小生命的书……他刚说到一半的时候你就走神了。你承认听他说话确实挺有意思——而且你以前还从来没有见过这样一个男孩。但确实,他说话时太过严肃了,似乎每句话都都容不得半点玩笑——难道就不能有一点幽默感吗?他这种严肃让你根本就插不上一句话。

"你在听我说吗?"他突然问。

"当然在听!"被他察觉到了,你有点不好意思。

"我知道你没在听,不过我也是东拉西扯的,我有点紧张。"

他紧张?是因为和你在一起吗?哈哈,这可是个好迹象,不是吗?知道他有些紧张你觉得轻松了许多。不过说实在的,喜欢你的人确实不少呢。当然,詹森这样让你觉得起码在你们俩之间,不只是你一个人有心跳、兴奋的感觉。

詹森试探着把手搭到了你的手上,又轻轻地和你十指交叉,然后有些害羞地对你笑了笑,似乎在问你,这样可以吗?

你对他笑了,顺势把头靠到他的肩上。他应该会明白你是在告诉他当然可以。

当摩天轮停下来的时候,你还沉浸在幸福中,和詹森这样坐在一起的感觉实在是太美妙了,你都不想让这一刻结束。但这时,一个人的出现把你从这种美梦中拉了出来——这个人就是杰里米。

"嗨,伙计们,你们玩得怎么样?"杰里米说,眼睛盯着你们,"你们的活动就是这个?两人坐在这儿打盹?"

"我没有在打盹。"你有些生气地辩解道。但杰里米爽朗的笑容、深深的酒窝让你忽然又有了初次见面时的心动。他没有詹森的严肃、深沉、敏感,但他的风趣、开朗却是一万个詹森都比不上的。

"好了,你今天还算幸运哦,现在你又有个机会和本帅哥一起玩了,想不想一起去?"你觉得他真是自大,他就这么确定你很想跟他一起玩?他一点不像詹森,詹森会略带害羞地征求你的意见,会考虑你的感受。

"我正打算去蜘蛛洞——难道不想跟我一起去吗?"

"我正想我们三个一起去宠物园呢。"詹森突然插了一句,你倒是有些意外,因为在你看来,他实在是太安静了,安静得几乎会让人忘记他的存在。不过,安静的他起码也会在"关键"时刻站出来说句话。

"宠物园?"杰里米很不屑,"伙计,我们又不是六岁孩子。"

"那其实很有意思,"詹森试图说服他,但杰里米这么说也让他有些尴尬,他转过头来对你说,"那些小动物真的很可爱,"似乎他知道说服不了杰里米只好把希望寄予你,"而且,我想我们也可以静下来聊聊天。"他刻意把"聊天"这个词说得重些,似乎能看出来你很想聊天,但这是杰里米不可能给你的。是的,杰里米是可以给你带来刺激、惊险、欢笑,但他会与你深入地聊聊内心的想法吗? 不会。

你有些好奇,想知道詹森还会找些什么理由来说服你。你不否认你确实喜欢他的敏感和智慧,但是你也喜欢刺激和冒险的人啊。而且你是在狂欢节上,这本来就是个尽情玩乐的日子。而詹森根本不是个会放开了玩的人。蜘蛛洞称得上是狂欢节上最惊险的地方了,好久以前你就想去了。而且,去蜘蛛洞,还会有比杰里米更好的同伴吗?

即便你心里有一千个去蜘蛛洞的理由,你还是忘不了倚在詹森的肩上看夕阳的那种感觉,似乎世上只有你们俩,你和他心灵相通……詹森——你突然又想到詹森是个严肃的家伙!谁也改变不了他的严肃、刻板。

→ 如果你想和詹森一起去宠物园的话,请翻到 69 页

→ 如果你更宁愿和杰里米去蜘蛛洞探险,请翻到 130 页

No.10

　　詹森已经在你的要求下保证,你不用在他的诗会上朗诵自己的诗,也不用发表任何评论,你才答应了。可你还是恨不得让他对你发誓几十遍。你可不想在一群陌生人面前表现得像个傻瓜!

　　第二天,你晚到了几分钟,其他人都到齐了。詹森把你领进客厅,让你坐在他旁边。

　　詹森在你耳边悄悄地说:"我刚才已经跟他们说好了,你不用念自己的诗,只要听听就行了。"谢天谢地,你这才松了口气。

　　可你坐下来后还是觉得浑身不自在,你环顾四周,大多数人都穿得很正式,戴着厚厚的眼镜,举止也颇为严肃,完全不是你这一型的。不过,詹森看起来倒是很用心的样子,很明显,他今天是主角。

　　"好了,各位,让我们开始吧,"他宣布道,"安德鲁,你先来吧?"

一个瘦小的男孩站了起来,他面色苍白,金色的头发也显得很稀疏。他走到台上,掏出一个小本子,念道:"螃蟹。"他解释说:"这是一首长诗,是关于一只海蟹的一生的。"你屏住呼吸,以免自己不小心笑出声来,你转头四处看看,想看看有没有人也觉得这很好笑,但是没有:每个人都很有兴趣的样子,甚至还都显得有些激动。你想,老天,这些人都怎么了?

"泥土,"他开始朗诵,语速很慢,但念得很响亮。"很久以前,在松软、潮湿的泥土里,一只螃蟹诞生了。"

你试着去想象他诗中描绘的样子,可实在想不出这首诗有什么意义。不过,有一点倒是让你觉得很好笑,就是他居然可以这么严肃地朗诵一首这样的诗。只是你觉得自己最好还是收敛一点,不然你要是笑出声来肯定会让他难堪的。

最糟糕的是,严肃的诗歌一旦让你觉得想笑,你就对它没什么兴趣了。

你觉得有几首诗还算过得去,但大多数都太长太拖沓了,枯燥乏味不说,还没有任何意义。接下来的一个环节就是讨论部分,分析某些语句的象征意义和诗的主旨。你在学校就已经受够了这一套,没想到现在又碰上了。你真想彻底钻到椅子里消失算了。你趁没人注意的时候看了看表。

这时,詹森站起来,从兜里拿出一张折好的纸,直到完全打开那张纸他都没说一个字,看起来他有点紧张,当然你有时候也会这样。他深呼吸了一口，然后看着你，你们相互对视了几秒钟，你不知道他的眼神里是什么，不过和你对视后他显得平静了许多。似乎是你的眼神给了他某种力量。

他没有像其他人一样先念诗的题目，或是先介绍一下他写这首诗的灵感。他是直接开始的：

"那段日子，灰暗、空虚，寒冷，

我是空的，

像钱包，像天空，像我的心一样，

空的。

但后来，回忆涌入了我的内心，

花生黄油三明治巧克力牛奶。

荧屏闪烁，光影环绕着我们。

满桌子的纸片。

你笑了。

你的笑容在一点点填充我的空虚。

但是我知道，

那空虚会永存。"

念完后，詹森坐下来，整个屋子安静了一会儿，然后掌声响起来，大家都开始热烈地讨论起这首诗来，你也想仔细听听别人是怎么说的。评价……但除了听见"咿咿哇哇"的声音，你什么都没听进去。因为你正忙于思考自己是怎么看待这首诗的，这时,你发现詹森有意地看了你一眼,你知道,他待会儿肯定会让你评价一下他的诗的,所以你得先想好该说些什么。

→ 如果你喜欢詹森的诗,请翻到 144 页

→ 如果你不喜欢他的诗,觉得让人感到压抑紧张,请翻到 210 页

No.11

事实上,划独木舟并没有你想象的那么浪漫。在你的想象中,你们的小舟静静地荡漾在湖中,杰里米牵着你的手,甚至周围还环绕着优美的旋律,就像电影里那样……

但看看眼前吧。

第一,你的独木舟底部正在渗水,虽说还不至于淹到你,但要浸湿你这双心爱的鞋子绝对是绰绰有余了。

第二,直到你坐下来时才发现座位上全是水,好了,你知道等你站起来的时候——裤子上一定会挂个“牌”。

但是所有这些都还好,因为和第三个问题相比,这些都不算什么。那就是——帕特丽夏。

詹森和珀涅罗珀很快也上了一条独木舟,向湖心划去。你甚至能听到他们的笑声随着湖水荡漾开来,而且他们划桨时看起来是多么的默契。看着这一幕,你心里很不是滋味,因为你期望中和杰里米的约会就是这样子的。但是……

　　"幸好这里够坐三个人!"帕特丽夏说着跳到你们的船上坐下来,你不知道她是不是故意的——故意突然横在你和杰里米中间;故意把桨上的水藻甩你一身。但无论如何,她是不会走的了,而这条只够两个人坐的独木舟现在塞进三个人后显得很挤。

　　独木舟上只有两个桨,帕特丽夏先抢了一个,好了,现在杰里米和她一人一个桨,倒是你坐在中间,变成了多余的那个人。杰里米还开玩笑说:"好吧,我们带你启程吧,公主。"公主? 真是好笑,你宁愿是帕特丽夏来当这个公主。

　　他们开始划水,而你就坐在中间什么事也做不了,而且准确地说,你是被"夹"在中间。很快你也意识到,这一定不是杰里米和帕特丽夏的第一次合作,他们以前肯定也一起划过,而且次数肯定不少。因为他们配合的默契和动作的娴熟,任何人都看得出来这不是第一次,什么时候该快、什么时候该慢、谁该用力、谁该停,对他们来说似乎都不需要用语言沟通。你的的确确就是那个多余的人。

　　杰里米跟帕特丽夏开玩笑,在她面前挥舞起自己的木桨,帕特丽夏一边笑着叫"住手",一边身子一斜避开杰里米,也拔出自己的桨向杰里米挥去。他们就好像在舞剑一样,提着各自的木桨在空中挥来舞去,弄得独木舟在水里摇晃得很厉害。你虽然坐在中间,但也被吓得够呛,生怕他们把独木舟摇翻。

　　"够了,你们别闹了!"你打断他们。你真想告诉他们呆坐在中间像个局外人一样看着他们闹一点都不好玩,而且现在是在湖心,你可不想自己无辜受害,船翻了可不是开玩笑的。但是你还是忍住了,你不想让自己看起来很傻。所以,你最终还是一动不动地坐在那儿,一边任由他们闹一边强忍着怒火。你真想不通,为什么杰里米要这样当着你的面和另一个女孩闹?最后,你安慰自己:也许他是想引起你的注意吧。

湖上的景色很美,尤其是夕阳西下的时候,整个湖面都被染成了红色。但你根本就没有心情去欣赏这些。这两个家伙在你眼前"打情骂俏"(至少你是这么觉得的,或者这样说你觉得心里舒服些。)让你受够了。你真想闭上眼睛睡一觉,想着等你醒来的时候,这糟糕的一幕就结束了,这该多好。事实上,你的确有点开始昏昏欲睡了。

不过,你才稍微瞌睡了一下,就听到有人在叫你的名字。当然,那不是杰里米,因为他根本就已经忘了你的存在。你睁开眼睛,看见你们前面不远处还有一条独木舟——你的好朋友伊莱恩就坐在里面,她正看着你呢。

"你怎么在这里啊?"你们说完不禁笑起来,你们竟然同时问对方同样的问题。

"特雷弗和维多利亚他们俩坐一条独木舟,我只好独自坐一条啰,但我一个人划总是在打转,所以,你……"

"我有个好主意!"帕特丽夏突然插进来说,你看着她那张故作灿烂的脸就知道她一定没安什么好心。果不其然,她说:"我们这儿不正嫌人多吗?"你保证,当时你听到她这么说的时候头都气炸了,是她硬抢着跳上你们的船的!现在倒撺起你来了?!她转过头来对你说:"你是不是想去帮帮你的朋友呢?"

你不知道说什么好,只希望杰里米出来为你解围,毕竟,今天是他邀请你出来的,再怎么说他也是想和你在一起才约你的,不可能现在把你支开吧。但你想错了,杰里米却用种感激的眼神看着你。"那就这样吧,我的小饼干?"

去你的小饼干吧!说得好听,还小饼干呢!你完全就是个第三者。你真没想到他会这样。

杰里米还生怕你会赖着不走,使劲劝你:"没关系的,你现在去帮帮伊莱恩嘛,回头我们可以在岸上见啊。这样好不好?"

不好,一点都不好。

→ 如果你不想就这样被支开,哪怕让你的好朋友一个人在湖上打转,你都不要离开这条小船,那么请翻到 241 页

→ 如果你决定离开,去和伊莱恩划一条独木舟,请翻到 80 页

No.12

　　当你决定邀请这对双胞胎跟你们一起去的时候,特雷弗或多或少有些欣慰,至少你没有扔下他们自己去玩。

　　而且值得高兴的是詹森看起来似乎也不介意——他答应去找杰里米,然后在鬼屋与你们会合。而你和朋友们则继续向鬼屋进发。路上,伊莱恩和维多利亚一个劲地议论着这对双胞胎是如何的帅如何的养眼。伊莱恩似乎很兴奋,以至于好几次你都想提醒她是你先见到这对双胞胎的。

　　但是你忍住了,因为有一个问题你仍然不能确定。那就是你还不知道自己会喜欢这对双胞胎中的哪一个。同时遇到这样两个都让你心动的男孩让你觉得很困扰。你决定不再想它。也许你要考虑的只是多花点时间和他们相处再慢慢作决定。的确,还没有到来的事情你这么早想又有何用呢?

　　于是你放慢速度,让伊莱恩和维多利亚骑到你前面,而你则打算与特雷弗说说话。

"你怎么了?"你问特雷弗。平时想让他不说话都难,但今天从你的棉花糖被撞掉后他就再没说什么话了。

"特雷弗,你怎么了,我在跟你说话呢,"对你来说,特雷弗是你一辈子的朋友。你们之间可以无话不谈,没有任何隔阂。但是,现在他在想什么呢?"你到底怎么了嘛?"

"我累了,不行吗?"他说,"别问了好不好?"

"好,好,好。"但是你心里想,这一点都不好。你小声地说,"对不起,"但声音小得几乎只有你自己才听得见。当然,不愧是特雷弗,他的确非常懂你。他似乎明白你的感受,于是腾出一只手来拍了拍你的肩。"也不是,我很抱歉,我只是——你知道,心情不怎么好。别多想了,好吗?"

"好,我不多想了。"看到他这样,你这才又为约了杰里米和詹森而高兴起来,尽管你知道特雷弗不爽其实就是因为这个。不过,即便是自己心里不爽,特雷弗还是那样安慰你。你在心里想,与懂自己的人在一起真的是件幸福的事,特雷弗他真的很懂你。他不像一般的男孩——他不是那种需要你去刻意表现或是会让你觉得有压力的男孩,也不是那种会耍酷的让人捉摸不透的男生。他就是平和朴实的特雷弗。你最好的老朋友、最值得信赖的特雷弗,你知道,任何时候,只要你需要他,他都会在你身边。

你开始跟他谈你新买的 CD——当然,他也有这盘 CD。特雷弗和你一样都热爱音乐，你们也都会在第一时间下载最新的歌曲，收藏最新的专辑。谈起那几个他着迷的乐队，他一下子来劲了，而你们也沉浸在讨论谁会走红、哪首歌最棒的话题中，甚至连已经到了鬼屋的大门口都没有反应过来。

"好了，这个我们改天再聊吧。"特雷弗虽然这样说，但听得出来，他其实也正聊在兴头上，也不想结束。不过，鬼屋对你们的吸引也毫不逊色，特雷弗说："我在想，如果——"

"猜猜我是谁！"特雷弗话才说到一半，一双温暖的大手就蒙住了你的眼睛，一阵轻快的笑声在你的耳边响起。这声音是个男孩的。

"杰里米？"你转过身来，看到了这个帅气的棕发男孩，他就好像是从电影中走出来的一样。

"你这个小姑娘蛮聪明的嘛！"他笑着说，然后装作很害怕的样子，在你耳边哆嗦着道，"走吧，请带路吧，去鬼屋——我已经感到一阵寒气了呢。"

你转过身去，想让弗雷特紧跟着你——但是他已经先进去了。真是的！你在心里叨咕。好吧，也许他是不想影响你们吧。一定是这样的。特雷弗总是为你着想——在这一点上，他确实做得非常好。

"还在想什么呢，美女？"杰里米问道，然后一把抓住你的手，牵着你向鬼屋走去。

而当你被这个热情的男孩牵着手往前走的时候，你突然有种奇怪的感觉，你不知道自己今天怎么会这么在意特雷弗的举动。你似乎能意识到特雷弗今天的反常和你有关，而你也会无意识地在乎特雷弗会不会心里不高兴。

"噢，没什么。"你低声说。突然，一个塑料做的鬼一下子从墙角钻出来，你吓得尖叫起来。

"噢！"杰里米也吓得叫了一声，一阵寒意从你的心里蹿上来。你们在鬼屋里越走越深。你们的笑声或尖叫声在阴森的鬼屋里一阵阵回荡。杰里米一会儿绕到你身后，假装成鬼怪来吓你，一会儿又一个人先溜掉，躲在黑暗中吓你。你以前一直觉得鬼屋也就那样——但这一次，和杰里米在一起，你对鬼屋有了全新的体验。

不过不幸的是，对杰里米来说，像一个五岁孩子一样精力无限，对什么都充满好奇，其实就意味着他的注意力也会像五岁孩子那样，对什么事情似乎都只有三分钟的热度。"越走越无聊了。"他突然说，而此时，你还在为眼前的一个青面獠牙的女巫感到毛骨悚然。他却已经开始没有兴趣了，"我们呆会儿去哪里？"杰里米显得没有耐心了。

"杰里米，可是我们才走了一半呢。"你很不愿意现在就离开。

"别在这里浪费太多时间了。"他什么也没解释，但是语气却很强硬。

"什么?"

"我只是觉得——你知道,我们还是快走吧,别在这里磨蹭了,跟我来啊,我们去蜘蛛洞。"

跟这个家伙去蜘蛛洞一定也会很有意思吧? 你虽然心里这么想,但还是不想掩饰心里的不快:"为了你们也一起来鬼屋,我可是买了三张票的,难道你就不想再看看吗?"难道跟我在一起就那么没趣吗? 你真想这么问他。

杰里米看你这么说,也不好再说什么了,不过他突然俯下身来在你的脸颊上亲了一下。这吓了你一大跳,这一吓比刚才你见过的所有鬼怪加起来都还厉害,如果说刚才的鬼怪只是让你心惊肉跳的话,那么他的这一亲已经吓得你完全找不着北了。"等你走完这里就到蜘蛛洞来找我吧,我在那儿等你哈。"

他说完就跑了。你半天没回过神来。

他在开什么玩笑? 还是他确实是精神亢奋,为了去蜘蛛洞哪怕几分钟都不愿意等?

但无论他这样做是出于什么原因,你真的会和这样的男孩交往吗?

也许不会……但是,他的这个吻,却是这一整天甚至这一整个星期以来让你最开心的事情。你还想再来一次,希望下一次不是吻脸颊,而是你的嘴。当你正在考虑要不要跟着他去的时候，突然又有一双手从你身后蒙住了你的眼睛。

"杰里米？"

"再猜猜。"你的耳边是一个温柔而熟悉的声音。

"噢，是詹森！"老天，在一分钟内看到一张和杰里米完全一样的脸，却又是另外一个人，让你有种非常奇怪的感觉。

"真高兴在这找到了你，"詹森看了看这个狭小、黑暗的屋子，墙壁上贴了很多塑料做的蜘蛛网。"这个地方真没劲。"

你不得不同意——尽管你希望他不会像他哥哥一样觉得这里没什么意思。

詹森指着一个非常细小的光束说那就是这玩意儿的玄机了。"就是它让这个女巫动起来的，"他顺手拉起墙角的一根电线，接着说道，"现在你知道了这些怪物是怎么吓人的了吧。"你顺着他指的地方确实看到了个开关，每次只要有人走到墙角的时候，就会触发那个感应式的开关，于是女巫就跳出来了。

只要你对什么鬼怪觉得有疑问，詹森都会细致地对你讲解其中的原理。你以前还从来不清楚这些妖魔鬼怪到底是怎么吓人的，现在你知道了，并且觉得这非常有意思。詹森总能够非常冷静地分析判断，似乎根本就不会害怕这些东西。

虽然与詹森在一起，你不会像与杰里米在一起时那样一会儿大呼小叫一会儿开怀大笑——但是詹森给了你另外一种感受。你觉得他看事物的眼光的确很独特，很深沉，能够看到事物的更深层次。

当然，虽然詹森告诉了你种种原理，但当你们走到最后一间屋子的时候，突然间一片漆黑，你还是被吓到了。詹森试图告诉你没关系的，一切都很正常，他说这只是鬼屋的一部分罢了，但是你还是很害怕。你们处在一片漆黑之中，你什么都看不到，只是听到其他的游客在尖叫。这时候谁知道谁呢——谁又知道自己身边此刻会有什么东西呢？你想到，即便是你突然消失了，都没有人会发现的。

你非常紧张，呼吸和心跳都在飞快地加速。你不得不一步步地摸索着向前走，屋里黑得伸手不见五指，你试图找到一扇门，但是到哪儿去找门！除了鬼屋里陈放的尸体，根本没有任何出口！突然你抓到一个有点热乎但摸起来黏糊恶心的东西，你魂都吓没了，放声尖叫起来。

"啊！"

这时，有人从后面搂住了你，紧紧地把你揽在怀里。"我在这儿。"他温柔地说，你终于吐出一口长气，在他怀中放松下来。你知道这个人是特雷弗，他的声音在任何时候都会让你觉得安全。

然后，你们找到了出口，并迅速地逃离了那个漆黑的地方，重新见到了阳光。不过这时你却觉得很尴尬，你让特雷弗发誓不要提刚才发生的事情。你使劲在心里祈祷，千万不要让詹森看见刚才的那一幕。你刚才那副吓得魂都没了的样子实在太丢人了。

"我想去宠物园，"詹森突然从你身后溜出来说，"你还想去其他地方吗——当然，随便哪里都可以。"

但还没等你回答，他就说："宠物园怎么样？"

詹森一副很向往的样子："虽然听起来挺没意思的，但是里面的小动物确实很可爱。"

这时，一秒钟前还在搂着你的特雷弗突然放开手走开了。"我去接伊莱恩和维多利亚。一会儿就回来，呆会儿见。"

"特雷弗，等一下——"你也不知道为什么要喊住他，不过他还是头也不回地走了。你确实很想跟詹森一起去宠物园看小动物。但是，杰里米——你想起杰里米还在蜘蛛洞里等你。你知道，如果你剩下的时间和他在一起的话，一定还会有什么意想不到的惊喜。

但是，也许你刚才已经足够惊喜了。也许你已经觉得自己和詹森在一起很舒服很快乐了。你非常犹豫，左摇右摆，谁都不想放下，恨不得能同时和这两个男孩单独在一起，你觉得很难取舍……而且，还有特雷弗，他怎么办呢？

→ 如果你觉得还是想和你的老朋友们在一起的，选择和特雷弗一起去接伊莱恩和维多利亚的话，请翻到82页

→ 如果你想去蜘蛛洞找杰里米,请翻到 130 页

→ 如果你已经忘了杰里米还在等你,而只想和詹森一起去宠物园看小动
物,请翻到 69 页

No.13

牛奶吧其实根本就不是像你想象的那样可以喝点牛奶啊吃点冰淇淋之类的地方,那不过是十一间拥挤的乱哄哄的披萨屋,而你在里面,也只是充当一个电灯泡。一边是杰里米和伊莱恩不停地眉来眼去,一边又是詹森和维多利亚毫无顾忌的卿卿我我,就连餐桌也只是四个人的,你只好从别处找来一个椅子,坐到桌子的侧面,而且你坐的地方紧邻着过道,每次服务员从那儿过的时候都会碰到你。

你极不自在地坐在那里,开始意识到整件事情完全就是个错误。詹森和维多利亚就坐在你面前,旁若无人地深情对视,如果你不是如此悲惨的话,当你听到詹森给维多利亚念情诗的时候,你一定会忍不住大笑的。

而杰里米,把桌前的吸管都收集起来,一根根塞到鼻子里。但没一会儿,他就觉得没意思了,开始打量餐厅,并像个体育比赛解说员一样,一本正经地说道,"看,服务员端着一个派出场了!"他的声音听起来很奇怪(多亏了他鼻子里的那些吸管),"她这次能顺利地把餐盘送到桌前吗?这是多么关键的一刻,我相信她一定能!观众朋友们,噢,看,她做到了!"

哦,这样很好玩吗?你真为他觉得可怜。不过伊莱恩却似乎还觉得不够,"你好有趣啊。"她咯咯地笑着说,亲昵地用鼻子蹭了蹭杰里米的耳朵。杰里米转过来对她骄傲地一笑,在她的前额上吻了一下。接着又是一吻,不过这一次是嘴唇。

你这才开始意识到,这全都是你自找的。……

本来杰里米和詹森都是你的,是你自己拒绝了他们,全都是你自己发疯似地对特雷弗胡思乱想。现在,你不但没有得到特雷弗,还失去了这对本该属于你的双胞胎。你现在的下场就是整个晚上坐在这里当干草,吃着一点都不好吃的披萨饼,夹在这两对甜蜜的小情侣中间看他们卿卿我我。

最后你实在不想再呆下去了,说:"我想我应该走了,"可是,没有人理你,"嗨,伙计们!嗨!"

他们完全忽略了你的存在,看得出来,他们是有意不想理你的。如果说看完特雷弗的表演之后你还觉得开心愉快的话,那么你现在的心情已经降至最低点了。你受够了,完完全全地受够了。你站起身来准备离开,最后说了一句:"改天见。"当然,没有人理你你也不会觉得奇怪了。

也许他们正巴不得你赶快走呢。

毕竟,你算是明白了,正所谓四个人刚够,五个人嫌挤。你曾经有机会的——而且是有两个选择的机会,但你却自己放弃了。

现在,你依旧孤身一人。

☺ 结束。

No.14

你决定留下来和詹森一起去宠物园。你对自己说,杰里米会同意的,对吧? 毕竟,他太冒险了。而你和这对双胞胎中的任何一个人相处也没什么错啊,你这么安慰自己,应该不会发生什么坏事的。

当你和詹森走到半路的时候,你很快就开始确定自己的决定是对的。杰里米只会一个劲地说自己——而詹森,他懂得去聆听你,会去试着懂你。还从来没有哪个男孩会这样认真地听你说话,似乎你说的每一句话都非常吸引人。

最重要的是,没有哪个男孩像詹森这样,严肃却又非常敏感,聪明而又不乏温柔。

"我喜欢这首歌。"当一行人唱着一首很流行的说唱歌曲从你们身旁走过时,你对詹森说。

"我从来没听过,"詹森很坦白地说。"但是,它听起来蛮有意思的。"

你会心地笑了。以前你喜欢的音乐你的大多数朋友都不会喜欢的。爵士乐、流行、说唱、古典你都喜欢——对音乐，你非常博爱，各种类型的都能接受。"他们刚出了一张新专辑，"你接着说，"但是没有过去的几张经典了。不过有一首歌我倒是非常喜欢——混合了一些校园 R&B 的因素，还带点朋克的味道呢……"说起这些，你倒是轻车熟路，可以一一顺手拈来。你看到詹森一脸吃惊，于是问道："我有什么地方说错了吗？"

"你好像对这些很熟悉呢，"他惊叹道，"真是想不到。"

"我可是个超级乐迷哦，哈哈，我很喜欢音乐。"说着，你们走到了宠物园的门口。你皱了皱鼻子，是什么怪味啊？这时你才想起来你们这是在动物园。你看到动物们就窝在臭烘烘的干草堆和粪便中间，真是恶心。不过说句实在话，这些小动物确实很可爱，这里还算值得一来。你跑到一只可爱的小白兔面前，把它抱起来，爱不释手。

"为什么呢？"

"你为什么喜欢音乐呢？"

你愣了一下。还从来没有人问过你这个问题。甚至连你自己都有点说不清楚。音乐就是音乐啊，不是吗？你一直都喜欢，似乎不存在什么因为、所以。不过你倒是很高兴他会这么问，所以你也试图想出个答案来。"当我听到一首好歌的时候……那感觉就像是，它能让我的灵魂得到升华。不过同时，我也有一种回归本我的感觉。就像一个纯粹的自己,你理解吗?"你说完不禁笑出声来。"连我自己都觉得有点不知所云呢。"

"不,我懂。"詹森一脸认真地说。你的确觉得,他说什么都很认真。这有点不可思议,不过还挺好的。你还从来没有见过这样的人呢。他接着说:"这种感觉就跟我对诗的感觉是一样的。"

"诗? 你是说我们在学校学的那些吗?"你有点吃惊,该不会是学校里学的那些超级无聊的诗吧。

看到你这样的反应,他有一点不好意思。不过他说:"那只是诗歌的一个类型。我的意思是,虽然我也喜欢莎士比亚、惠特曼的那些经典诗作,但当代还有不少很有意思的诗歌。而且自己创作诗歌的感觉也很不错啊。好的诗就像你说的好的音乐一样。它就像……能使你的灵魂得到升华。"

你都没注意到你们已经不知不觉走到了小羊圈了,因为一路上你都只顾着听詹森说话。你从来没有见过一个谈吐和思维方式像他这样的人。这一次,你终于体会到所谓的深沉是什么意思了。在他身上你看不到任何肤浅,他说的每句话都那么深刻,当他看着你时,你甚至觉得他完全能够懂你,你还是头一次遇到这样的人。

"我有时候也自己写诗,"他边说边解开了羊圈的门栓,并为你打开门,一副非常绅士的样子。你走进羊圈后被一只非常可爱的小羊羔深深吸引住了,你轻轻地摸着这只柔软膨松得像个小棉花球的小羊羔,心里想着,詹森的头发摸起来会是什么感觉呢——但你马上打住了自己,最好还是别胡思乱想。

"有时间的话我可以给你看一些我写的诗,"他又补充道,"当然,如果你愿意的话。"

"我当然想看,"你说,"不过我不太懂诗,所以……"

"但是你懂音乐,"他打断你说,"其实诗和音乐是相通的。"

"怎么理解呢?"

"歌词和诗歌不是一样的吗? 噢,你自己写过歌词吗?"

他似乎能看穿你的所有心思,你从来没有对任何人说起过你自己创作歌词的事,但是——

"事实上,呃,我写过。"你轻声地说,"我写过歌。"你问自己你是怎么了,你才认识詹森不过一个小时,竟然把这个你从来没有对任何人说过的事对他说。

"真的吗? 我什么时候能看看吗?"

你在心里说,这大概不可能吧。你还从来没有给任何人看过。况且你也会觉得把自己写的歌给詹森看会有点不好意思。你担心像他这么深沉的人会不会觉得你的歌写得很幼稚。你绕开了话题,说:"这些小羊羔还真是可爱哪,哈?"

"嗯,尤其是那一只,"他指着你前方的一只小羊羔说。詹森想去抓它,但它很快闪开了。詹森继续去追它,小羊羔东躲西藏,詹森还是一次次试图去捉它,最后小羊羔似乎是被惹恼了,开始"攻击"詹森,这下子变成了詹森拼命地躲开小羊。你看着这个严肃的大男生和一只可爱的小羊羔在羊圈里追来追去的样子,被逗得咯咯直笑。

直到"嘭"的一声!

詹森重重地摔倒在地,小羊羔来不及刹车,猛地撞到詹森身上。詹森这时更让你看到了他顽皮的一面,即便是刚才这一跤溅得满身稀泥,他还是什么都不顾地一把抱住重重地撞上来的小羊,对你露出一个超级可爱的笑容,似乎是在炫耀他终于还是拿下了这只羊羔。

你看着詹森的样子,心里有些难以名状的愉悦。詹森坐在泥里就像个泥猴——而刚才还和他你追我赶的小羊,也在他怀里伸出粉红色的小舌头去舔他,詹森一边大笑着一边把脖子伸得老长,尽量不让小羊那黏糊糊的舌头舔到脸。你看着这个平日里深沉严肃的家伙现在会抱着一个小羊羔这样肆无忌惮地大笑,觉得真是不可思议。

那一刻,似乎世界都浓缩了,只剩下你们俩,你们的笑声在时空中穿梭,变得永恒……后来你蹲下来接过他手中的羊羔,把它放到一边,然后把詹森拉起来,帮他拍去身上的泥,詹森狼狈的样子让你们忍不住又一次相视大笑。你们的笑声此起彼伏,最后你好不容易才克制住,詹森又把自己装成一个羊羔,把脸凑到你跟前逗你玩,你都没力气再笑了,连说"好了好了",他这才停下来,但就在他停下的前一秒钟,他的嘴几乎已经挨到了你的嘴上……

你突然觉得非常尴尬,于是转身说要去找你的几个朋友,詹森却突然说:"我真的非常高兴能在这么多年后再次遇到你。"他牵起你的手,你紧张地深呼吸了一口——不过也握住了他的手。你们十指紧扣,一种温暖的感觉传遍你的全身,你无法停止这种发自内心的、幸福的微笑。

这感觉就像,就像刚才杰里米给你的那种……

老天! 这真是件令人头疼的事情。就在今天早上以前,你还是孤身一人,可突然间你的生命中竟出现了两个男孩,偏偏一下子就是两个。你低头看着自己紧握着詹森的手,突然意识到,这可能让你有双倍的快乐,但也会让你的麻烦加倍。

"我也很高兴能再次见到你。"你嘴上虽然这样说,但心里却在想着杰里米——他现在在做什么呢? 他是不是还在蜘蛛洞等你? 你觉得越来越困惑,一分钟前,你还觉得自己只会选择詹森——但现在,你却开始想杰里米了,其实,你根本就不想取舍什么,你两个都不想放弃。

"你有空的话可以来我家参加我的诗会,我们有一个原创诗歌协会,"詹森说,"你不一定非得念自己的诗,"他飞快地说,"你可以只是听听。"

你的心收了一下，难道还要坐下来听一群家伙念自己的诗吗？哦，那一定会很无聊，确实是超级无聊，对你来说，这可不是个算得上浪漫的单独约会，你可一点都不希望这样。但詹森看起来似乎很期待你去参加他所谓的诗会。其实，你也不得不承认，他喜欢写诗就像你喜欢自己写歌一样。可是——

"或者，如果你不喜欢那样的话，你也可以来参加我们的另一个诗会，我们有舞台和麦克风，"看你似乎还没拿定主意，詹森又说，"这个诗会会场和其他事务都由杰里米安排，我们会上台朗诵自己的诗，算得上是一个专业诗会呢。"

你觉得这个主意还不错，你也很想去看看这样的一个"专业诗会"——尽管这是关于诗的，而且你也很希望能见到他们俩。可是，去看看詹森的原创协会，说不定正是个与詹森发展关系的好机会，而你也很想看看詹森的诗是什么样的。而且，如果杰里米不在的话，你和詹森还可以有一个单独相处的机会，说不定，他还会吻你……

→ 如果你打算去看詹森的诗会，请翻到 49 页

→ 如果你想在杰里米也会在场的诗歌朗诵表演上同时看到詹森和杰里米，对这两个男孩继续观察一段时间的话，请翻到 38 页

No.15

你真后悔来的时候忘了带个耳机来。一个长发女孩上台演唱那首《我心永恒》，当她声嘶力竭地飙高音时，你简直希望自己就是个聋子。如果非要形容她的声音的话，可以打个比喻说，那就像是一只猫在对着话筒尖叫。而且不止是她，上台唱歌的人基本上都跟她没什么两样。

到目前为止，你看到了一个口技表演，一个魔术表演，三个演唱(只有唯一一个没走调)，一个舞蹈(在这个奇怪的舞蹈中，两个女孩子扮演两棵树，让人觉得很可笑)。

所有的节目都比你想象的更糟，只是不论多难看，你都得坐下来一直看到最后，因为特雷弗的吉他表演被排在最后。

好不容易熬到了最后，特雷弗抱着他的吉他上场了。他还没走到麦克风前你就已经开始为他紧张了。你发自内心地希望他好好发挥，千万别出什么乱子。虽然这也不是你第一次听特雷弗演奏吉他了，而且事实上他弹得很好，但是要知道，你太了解特雷弗了,他每次面对一大群观众的时候都会紧张。这次对他来说的确是一个挑战自己的好机会,但你还是为他捏了一把汗。看着他对准麦克风,你不由自主地站了起来——这是你最好朋友的表演,你比任何人都希望他好好发挥。

特雷弗试了一下音,然后选了一首西蒙和卡朋特的轻柔的歌开始弹起来,当音乐流利地从他的指间流出来时,你才坐下来,放下了悬着的一颗心,因为特雷弗表现得很不错。

优美的旋律开始在会场上飘荡,台下的观众们变得安静起来,似乎特雷弗的音乐给了他们莫大的陶醉。他朝话筒再靠近了些。让你没想到的是,他居然开始唱起歌来——你平时只听过他弹吉他,都没怎么听过他唱歌。他的声音低沉而富有磁性,毫无疑问,他是今天的晚会上最出色的一个了。

你完全沉浸在他的音乐中了,直到他表演完了,掌声响起来的时候你才回过神来,开始为特雷弗鼓掌。你真为他感到骄傲,当特雷弗在台上向大家鞠躬时,你不知道自己是怎么了,你为他骄傲,为他感动,是的,是这样的——但是除了这些就没有别的了?

你看着台上的特雷弗,并没有像你之前想象的那样觉得他很酷,很想冲上前去吻他。他只是特雷弗而已,你不知道自己怎么突然会有这样的感觉,之前你不是还很期待看他的表演,还为你萌动的爱情而忐忑不安吗?怎么现在特雷弗在你心里又变回了原来的样子,他只是你的一个好朋友,仅此而已。难道就这样了吗? 你看到他不会再觉得他是你的唯一、是最特殊的那个了吗?

整个表演结束的时候,你的目光在台上到处搜寻,想找到特雷弗,去祝贺他。但没看见特雷弗,倒是撞见了伊莱恩和维多利亚,还有她们现在的"约会男友"——杰里米和詹森。当你再一次看到这对英俊帅气的男孩时,再一次看到他们棕色的头发、他们深棕色的眼睛时,你开始动摇,你听到内心深处有一个声音在说:你想要他们。

当然,你不能肯定自己是不是真的想要他们,但有一点你很肯定,那就是即便要,也不会是现在,很明显,他们正在跟伊莱恩和维多利亚约会。不过,现在,你又见到了他们,这让你想起了你初次见到他们时的那种感觉,有吃惊,有窃喜,还有那种花痴女孩般的种种白日梦……而这些感觉,是你在特雷弗面前绝对不会有的。

这是因为你对特雷弗的感情加深了,还是因为这对双胞胎在你的心里根本就没有退出呢?

"嗨,美女,你在干吗呢?"杰里米还是像以前那样跟你打招呼,你看到伊莱恩朝杰里米瞪了一眼。你想告诉她其实不用担心什么,毕竟你和杰里米只是打个招呼而已。不过你承认,看到杰里米见到你时眼睛一亮的样子倒是让你挺高兴的。"我们打算去牛奶吧蹦的,要不要和我们一起去?"

"哦,我想她一定去不了了,"还没等你回答,伊莱恩就抢着说,"特雷弗在这,她哪能走得开啊?"说完后,她冲你狠狠瞪了一眼,似乎在对你说让你走开,不要搅进他们中间来。

"也没有啊,特雷弗的爸妈要来接他回家的,"你说,"我想我应该可以和你们一起……"

"那就没问题喽!"杰里米高兴地说,似乎很想和你一起去。

如果特雷弗注定只是你的好朋友,那么散场后,除了祝贺一下外,你似乎就没必要继续呆在这儿了。而且和杰里米、詹森他们一起去牛奶吧听起来也很不错——虽然会惹得伊莱恩不高兴,但应该也不会怎么样。

但是,如果你对特雷弗还有哪怕那么一丁点儿的感觉,而且这感觉是真实的,那你会留下来看看接下来你和他之间会发生些什么吗?

→ 如果你不介意去充当"电灯泡",决定和杰里米他们一起去牛奶吧,请翻到 66 页

→ 如果决定留下来,并去后台找特雷弗,请翻到 165 页

No.16

"我并不想搞砸你的约会。"当你们的船离杰里米他们远去的时候,伊莱恩很不好意思地向你道歉。

你皱了皱眉头:"约会? 别讽刺我了,难道你还真觉得我是在约会?"

"你是说你们之间夹进了另一个女孩?"

"随他的便吧。"你不想再想这个问题了。如果说你们俩还有点别的什么事情要做的话,那就专心划船吧。但你哪里会忍得住不去想,如果他真是这样一个没主见的男生的话,你会去试着接受的。

现在,你正坐着一叶独木舟摇荡在这个美丽的湖面上,身边有你最好的朋友陪着你,你决定把这些不愉快全都抛到脑后。"让我们来看看这独木舟能有多快吧!"你说着开始奋力地划桨。

平常,想让这个臭美的小姐和你一起这样划桨简直就是免谈,但她不愧是你最好的朋友,她知道你这个时候心情很差,所以非常配合地用力划,船在你们的桨下飞快地前行。很快,你就忘了刚才发生的事了,你的注意力完全集中在你的桨上。抽,划,抽,划——

"那个就是杰里米吗?"伊莱恩忽然迷惑地问你。你抬头看——她用她的桨指着前面不远处的一条船,船上的两个人——正忙着亲热。"人渣!"

眼前的这一幕让你觉得心被什么东西揪住了,那人是谁?是杰里米还是詹森? 不过,隔得太远了你看不清是谁。"我也不知道是谁,伊莱恩,有点远,我看不清楚。"

"我在想也许这不算什么。"伊莱恩说着又指着另一条船,它正在准备靠岸。

你举起手来想朝他们打招呼——但刚举起来你就放下了。你不敢相信你所看到的,你是分不清哪条船上的是杰里米和帕特丽夏,哪条船上的是詹森和珀涅罗珀——可正如伊莱恩所说,刚才的一幕又算什么呢? 因为在你看到的这条正准备靠岸的船上,男孩正在拼命亲女孩的脸——很明显,他们都把你忘了。你看到的两幕都让你想吐。你意识到,对你来说,认识他们最大的收获,就是让你亲眼见识了什么叫做漂亮的外表下隐藏的是丑陋的灵魂。

你看着自己已经被水泡得不成样子了的新皮鞋……这都是为了谁?

☺ 结束。

No.17

你们都很喜欢狂欢节上的各种活动,尤其是打奶瓶的游戏,不过你从来没那么好的手气可以赢上一局。特雷弗也一样,他打奶瓶也从来没中过。

"见鬼了!"他大叫起来,又一个球打偏了,"这玩意儿一定是被人动过手脚了。"

你和伊莱恩与维多利亚交换了个眼神,"呃,特雷弗,也许是你投的动作力度不够呢。"伊莱恩说,你并不喜欢伊莱恩的这种语气,她其实跟特雷弗并不是太好,只是因为你她才能容忍这个家伙。但是现在,她怎么会……好了,你想,她也许没别的意思。特雷弗这个倒霉鬼根本不可能打中的,更何况是每扔一次都要花1美元。

"好了,"你拍拍他的肩,催他别玩了,"你已经白白浪费了10块钱了。"你提醒他。不过你觉得最好还是别让他知道你不喜欢这个奖品。不知道为什么,特雷弗坚持要把这只小猴子赢来给你——哎,真是要命,这意味着你们恐怕要在这里呆上一整天了,因为他根本就不可能打中。

"嗨,女士们,要帮忙吗?"还没等你们反应过来,杰里米已经从特雷弗手中拿过了球,"让我来。"他朝瓶子猛地一扔,正中目标。

"好棒!"伊莱恩高兴地叫起来,你也觉得太棒了,但你注意到特雷弗的脸色很难看,你就住嘴了。

杰里米选了一个粉红色独角兽给你。

"送给你,美女。"可你根本就很讨厌粉红色,只是碍于情面没好意思说出来,而且,他一副很得意的样子,你也不想扫他的兴。但你不喜欢做违心的事,所以也没有欢天喜地地感谢他。只是轻轻说了声"谢谢"。

"你是怎么了?"伊莱恩吃惊地说,"他为你赢了个独角兽呢,多浪漫啊,而且你不觉得它确实很可爱吗?"你觉得伊莱恩幼稚极了,难道因为这是杰里米赢来的就要说它可爱吗?

"如果你喜欢,就给你好了。"你说着就把独角兽扔给了她。

"你没看见他怎么赢的吗?"伊莱恩问,一把接住独角兽。你悄悄在心里问自己,你是不是有些吃醋了? 可你也说不清楚。

"有什么大不了的,"特雷弗说,"这完全是凭运气。"说着又捡起球接着扔起来,不过,他还是每次都不进,虽然他每次都全神贯注。

"这太无聊了，"维多利亚说，"我们可以走了吗?"

伊莱恩也很想走，她急切地点头："是啊，我们去吃点东西吧，特雷弗不会在意的。"

今天一早，伊莱恩还叫嚣着决不会吃狂欢节上的任何东西，还说什么热量高、奶油重，现在她不会是想吃热狗或是棉花糖了吧? 你一想就明白了，她其实是想去找杰里米。

"我们就呆在这儿吧，"你说，"我们要支持特雷弗啊。"你想这也是你留下来的最后原因了。

"好吧，"维多利亚说，她突然爽朗地笑起来，扶着你的双肩说，"这是个好主意!"

你很奇怪维多利亚居然会呆在这里陪特雷弗打奶瓶。不过，詹森一下子就分散了你的注意力，他太抢眼了，整洁笔挺的衬衫，一丝不乱的头发，神态间流露出来的深沉严肃，除了詹森还会是谁。虽然他和他哥哥长得几乎一模一样，但你根本不会混淆他们，他们有太多的不同。

"你知道，这些游戏都是被动过手脚的。"他冲你点点头打了个招呼后说道。

"看到没? 我就是这么说的。"特雷弗似乎是好不容易找到了个支持者，高兴地回过头来说，不过，他说完后马上又继续专注于扔他的球了。

"只有傻瓜才会把钱浪费在这样的事上。"詹森接着说，这话让特雷弗有些不爽,他紧咬着腮帮子没有理会詹森。你觉得自己这个时候应该站出来维护特雷弗,尽管说实话你也觉得这样做确实是在浪费钱——可你应该怎么说呢? 你真有点为难,只希望詹森别再这么咄咄逼人了。

"我完全赞成,"维多利亚说,"我们都劝劝他别再玩了吧。"

"这在空气动力学上一点都说不通,而且这种游戏已经很过时了。"詹森傲慢地说,根本就没理会维多利亚。你小小的醋意被打消了,不过,詹森似乎也没注意到你。

"你们知道些什么,我敢说如果你们是男生,还不是一样不想走,"特雷弗说,"呃,你们吵吵闹闹的影响到我了。"

"走吧,特雷弗,"你伸出一只手轻轻地搭在他肩上,但他却把你的手推开了,看到特雷弗不高兴,你也开心不起来,因为你们俩有时候甚至就是一个人——他如果不开心,你也会乐不起来的。

"我很好,"他说,"我只是想过掉这一关,呆会儿就去找你们,好吧?"

"詹森想去魔镜厅!"维多利亚高兴地说,似乎这是她听过的最好的主意了。"他会给我们解释那个是怎么——那个叫什么来着?"

"人们是如何利用反射和折射来制造出幻象的。"詹森严肃地说,他说什么都这么正经。

　　"难道你们没有人觉得饿吗?"伊莱恩大声地打断你们,"我很饿了,我想去找点吃的。"

　　你知道这并不是她的真正意图,但你也不能怪她,毕竟杰里米刚才为你赢得独角兽的样子的确蛮酷,你承认那是挺吸引女孩子的。你几乎都想象得出杰里米百发百中的样子,他肯定不会失手的,除非他厌倦了。不过,那也正是问题的关键——你真的想和这样的男孩交往吗? 如果他有一天也厌倦了你怎么办呢?

　　不过,幸好你还有詹森,他温柔细腻,而且看起来比谁都聪明,如果他再稍微风趣一点,那就更好了。你想也许你能改变他——只是你认为你真的准备好去挑战这项艰巨的工作了吗?

　　但这时,你内心深处仍然有一个声音在说,你想和特雷弗在一起——你知道跟他在一起你会过得很开心,但他似乎并不想你在他身旁打搅他——现在该怎么办呢?

　　→ 如果你想去找杰里米,请翻到 195 页

　　→ 如果你想和詹森、维多利亚他们一起去魔镜厅,请翻到 107 页

No.18

这天,你提前来到了咖啡厅,詹森还没来。你便在窗边找了个座位坐下来,以便在詹森来的时候一眼就看到他。从昨天以后,你开始有些紧张,不知道接下来会发生什么——但詹森当时看起来确实是很想再见到你,所以,你安慰自己,应该没事吧。

十多分钟过去了,詹森还是没有来,你看看表,想,再过几分钟再怎么也会来了,没什么大不了的。你想,反正你坐在咖啡厅里等也不累,于是你继续等。

等。

等。

仍在等。

直到服务员过来"借位"了,詹森仍旧没来,不过很明显,他不可能会来了。

你只好一个人在那儿吃了午饭,但这种感觉很糟糕,你感觉每个人都在盯着你,似乎都能看出来你被人放鸽子了。

你不愿相信他会这样做——可这又是怎么回事呢？你想给他打个电话，问问他到底是怎么回事……可是你根本就没有信心。很明显，他要是还有一点点在乎你的话，就不会让你等这么长时间，更不会什么都不跟你说一声。你猜得出，他一定是不敢当面告诉你他对你的感觉已经变了。他是个懦夫！

但你也开始为自己庆幸——因为，早些知道他是这样一个人，至少可以避免以后再跟他纠缠。这样想着，你感觉好多了，也更加肯定自己的判断，他根本不值得你去交往。

你孤单地吃完午饭后独自离开了。但仍然有点伤感，即便詹森的确不值得你去交往，但起码你曾经还把他看作是属于你的那一半。

现在，你又是一个人了。

☺ 结束。

No.19

闯进一家食品店的仓库比你想象的要容易些——仓库没有上锁,你们简直就是直接走进去的。先前你还有些担心,不过现在好多了,似乎根本就没人发现你们。你们在仓库里小心地走着,杰里米抓起你的手,说千万要小心。

你觉得自己就像个间谍,而且是有着一个超帅男朋友的间谍。

只不过,真正的间谍通常会配备各种先进武器和电子通讯设备,而你,则是为了一块棉花糖而赤手空拳地贸然闯进一个仓库。你们并不知道哪里可以找到棉花糖,于是就顺着走廊胡乱地前进,看到有门就走进去看看,有拐弯就顺着拐过去。

当然,你喜欢拐弯,因为每次拐弯的时候你们都会加倍小心,这时候你们通常会靠得很近,你们会紧紧地贴在一起,边四处张望边小步地前进,甚至连心跳都是同步的。

你知道,是你的大胆和冒险给你带来这么美妙的一次约会。

大约走了十分钟后,你们遇到了个死胡同。而走廊的两边出现了两个分岔,你们不知道该选择哪个方向。

"见鬼!每次都这样,"杰里米抱怨道,"我想我们最好还是分头行动。"

分头行动?难道他忘了这次冒险的目的了?或者是他不想和你一块走?你反应过来,每次拐弯你都只顾着享受跟杰里米背靠背的感觉了,根本就不知道你们在哪儿拐弯、拐了几个。现在要让你自己走,你真不知道该怎么走。但是,如果他真不想和你一起走了,你也不能勉强。

"好吧,"你耸耸肩,也没什么大不了的。"你走那头,我走这头。"

杰里米什么也没说就向左边走去了,你则走向右边的那条岔路。不过,越走你越觉得这条路根本不像通往出口的路——而且,要是万一有人发现了你怎么办?

那是什么声音?

是脚步声吗?

你四处看看,却没有任何人。但马上你又神经质起来,不断地四处张望。

你开始害怕起来,你确实没办法独自一人这样冒险。你紧张极了,呼吸急促、两腿发颤,你不想再一个人走下去了,于是回头去找杰里米。可是当你回到刚才的走廊上时,又遇到了分岔口,那是你们刚才分手时的岔路口,于是你从左边的岔道走去,可走一段后又回到了原来的地方——你迷路了!而且更糟糕的是你现在连回去的路都找不着——你被困在这里了。

你像迷宫中的老鼠一样,脑子里除了恐惧还是恐惧。你试过了所有的路口,可最终每次都会回到原来的那个死胡同!十多分钟过去了,你完全忘了自己是来找棉花糖的,你现在满脑子都是要找到出口、要找到杰里米。你不要棉花糖,你只要一个可以让你逃离这个该死地方的通道!

你仍旧一无所获,你被彻底困住了!你不由自主地放快脚步,甚至跑起来,左转、右转,再左转,不对,再右转……你已经没有任何主意了,只要见到路口就疯狂地跑。现在你根本没工夫担心会不会被别人抓住了,你甚至非常希望能看到个人,随便是谁都没关系,只要能证明这里不只是你一个人就行了。你需要有个人把你带出去,太需要了。

但除了你,没有任何人。

最后,你绝望了,你也不知道过了多长时间。杰里米不见了,而你自己根本就没法找到出口,你所有的努力和尝试都是在一次一次地兜圈子,最终都会回到原来的地方,你已经筋疲力尽了。你现在唯一想做的事情就是就地躺下来休息一下,除了等别人来救援,你想不出其他任何办法。

你疲惫极了,觉得躺下来真舒服。很快你就昏昏欲睡了,你自言自语地嘟囔着,你只是躺一下,几分钟就好了,你只是想等等看有没有人来救你……

→ 请翻到 142 页

No.20

"准备好了？踢！出拳！右踢！踢！"

你尽量让自己跟上教练的节奏,努力在他发出指令的第一时间作出反应,要么踢腿,要么出拳。

"好的,再踢！踢！出拳！踢！好,再来一次,踢！左踢,出拳！踢！"

你累得感觉肌肉都快抽筋了,不过你并没有让自己停下来,反而一次比一次认真,你不想让杰里米小看你。你来这个空手道会馆就是想更近距离地比较一下这对双胞胎,看哪个更适合你——不过现在在这里,杰里米矫健的身材已经让你忘了比较,你老是不自觉地把目光投向杰里米。

"侧踢！后倒！好的,来,出拳！休息一下。"

终于结束了,你也累坏了,这个训练远比你想象中的要难得多。你顺着墙边坐倒在地上,觉得自己都快散架了。不一会儿,杰里米走到你跟前坐了下来。他身上散发着的一股淡淡的清香让你有点小小的眩晕。你很难想象眼前这个男孩子在累了一整天后身上还会有这种淡淡的香味。而看看你自己,刚才出了那么多汗,身上的味道确实不怎么样。

"刚才的热身还不错吧? 如果你还不尽兴,我们俩还可以较量较量。"杰里米说着,一副很轻松的样子,似乎刚才的练习对他来说不过是小菜一碟。他这样说让你有些诧异,难道他真的没注意到你现在的样子有多糟吗?"我喜欢让我的观众见识一下我的胜利。"

"你凭什么就这么肯定你会赢?"你半开玩笑地说,觉得自己似乎还有一点力气跟他小小地较量一下。

"你在质疑我的空手道技术?"他边摇头边说,"你马上就会知道自己错了。"还没等你反应过来,你已经被他掀翻在地了,而且被他用胳膊压着动弹不得。你尖叫道:"你在干吗啊?!"

"向你证明我的力量和速度不是吹牛的,"接着,杰里米又把你从腰处横抱起来,把你悬在半空中旋转起来。那一瞬间你觉得自己就像在飞一样。他一副得意的样子,"看你还敢小瞧我。"

"你赢了,"你忍住笑,又说了一遍,"好了好了,你赢了。"

"你现在承认了吧?"

"承认了承认了,你确实很厉害。"你顽皮地冲他笑着说,感受着这种近距离的接触给你带来的新鲜和温暖的感觉。杰里米依旧抱着你转啊转的,你们的叫声、欢笑声似乎也跟着你们在旋转。你觉得这一刻是那么美妙。不知道转了多少圈后,他才把你放下来。

此时的你们,正面对面站着,而且站得很近,他的双手环抱着你。你们就这么站着,不再笑了。

他轻轻地帮你捋了一下额前的刘海,你有点小小的忐忑,你不知道自己的刘海在他眼里是不是漂亮。他开始向你凑近,越来越近——

"你一定想不到是谁来了,杰里米!"詹森的声音突然响起来,你心里有点愤愤地想,这个家伙来得真不是时候。不过你知道,即便詹森是故意的你也不能怎样。你叹了口气,希望杰里米会找个什么借口把詹森支开,但你却看到杰里米像个发现了新大陆的小孩一样,眼里马上放起光来,他的注意力已经被完全转移了。

"帕蒂!"当杰里米看到詹森身后走出来一个金发女孩的时候,惊喜地叫起来,"真是好久没有见到你了。"

"这是帕特丽夏,"当杰里米和这个漂亮的、身材匀称的、有着一双漂亮的长腿的女孩拥抱时,詹森为你解释道,"她还有个双胞胎姐姐,我们四个总是一起——"

"我们曾经一起度过了一段很美好的时光。"杰里米突然打断了詹森的话。曾经?你想知道他们过去是怎样的。曾经疯狂地相爱过吗?又或者他们是所谓的经典四人组,只不过杰里米想在狂欢节上找点什么乐子罢了,而你,正好就是他的猎物。这么一想,让你觉得很不舒服。

而你的顾虑很快得到了证实,那个"帕蒂"依偎着杰里米,说:"珀涅罗珀和我都想死你了,"她做出一副娇柔做作的样子,"你们这段时间都去哪儿了?"

"就在附近啊,"杰里米似乎注意到了你的沉默,他耸耸肩,把帕特丽夏轻轻推开,然后过来搂住你,对你亲密地笑了笑。"马上就要开始比赛了,你会留下来看看的,对吗?"

你意识到,杰里米并没有问那个金发女孩要不要留下来,这让你有一点点欣慰,你想也许自己还有点希望吧。你点点头,答应了。杰里米高兴地冲你笑了笑就走开了。他说他要点时间集中一下精力。这时,帕特丽夏也走开了,只留下你和詹森。

"你也准备看比赛吗?"你试图调节一下你们之间沉默的气氛,于是开口问詹森。

"我也要参加比赛啊,"詹森热情地说,"你觉得有什么奇怪的吗?"

"我想,也许空手道不是很适合你的运动……"

"我还有很多是你不了解的呢。"詹森说着,语气温柔,"我希望,我希望有一天你能够有机会发现这一点。"你还没弄清他这么说是在和你拉近距离还是在拒绝你什么,他就走了。

其实,比赛很无聊,你看着看着都快睡着了,怎么说呢,整个比赛就是几个身穿空手道服装的男孩(还包括两个女孩)在场地上赤手空拳地比画,一开始你还觉得挺刺激,第二回合时,还凑合,可是等到第四第五回合的时候,你就开始有点犯困了。

不过当杰里米上场时,你又变得精神抖擞了。他不像其他人那样一开始时,先是深呼吸一口,然后彼此绕着圈走半天。杰里米上场后,静静地闭着眼睛站了一会儿,你可以看见他的肩膀随着呼吸一起一落的样子。你想这可能就是刚才他说的"集中一下精力"吧,他可能正在运气,调集体内的能量。

这时的你很想看看杰里米的外表之下到底是什么样子的,而且这种感觉对你来说还是第一次——当然你马上就可以知道答案了。

杰里米酝酿完了,于是挥起胳膊朝一块木板用力砸下去。

"喀嚓"一声!

木板断成了两半,杰里米自信满满地朝大家鞠了一躬。接着是竞争者们上台挑战,但是他们的表现糟透了,竞赛又回到了先前的样子,让人觉得非常无聊。

毫无疑问地,杰里米成为了比赛中唯一一个劈断木板的人。(詹森在第一回合时就被淘汰了。)当杰里米开始最后的表演时,你屏住呼吸,不知道他能不能过这一关。这一次,在他面前的是一块非常厚实的木板——很显然,没有人,甚至包括杰里米,能赤手空拳地就把这块木板劈断。

但是,你看着杰里米站直身板,双目紧闭,运气一般地深呼吸了一口,然后抡起胳膊,他连眼睛都不睁开就猛地一拳砸下去——

"咔嚓!"

木板应声而碎,就好像木板是用纸做的一样,杰里米不费吹灰之力就把它劈碎了,你这才长长地吐出一口气,真是让人难以相信。你以前还从来没有对一个男孩如此着迷过。难道是杰里米的个性打动了你?又或者是因为你喜欢上了刚才被他强壮有力的胳膊扳倒在地又被抱起来的感觉?还是刚才近在咫尺却又没有得到的吻?

→ 如果你认为仅仅是杰里米强健的体魄在吸引你,请翻到 117 页

→ 如果你觉得无论杰里米怎样你都会喜欢他,请翻到 202 页

No.21

"你到底在想些什么?"

你笑笑,突然间生出一种信念来,特雷弗是你最重要的朋友,你一定要好好保护你们之间的友谊,哪怕你压抑住自己的某些感觉。"没有啊,我什么都没想。"你其实并没有撒谎,因为从此以后,你就不会再对特雷弗有任何超越友谊的想法了。你双手扶住特雷弗的肩,之前那种尴尬已经烟消云散了。你和他又回到了原来的样子,依旧是好朋友,你们又开始像往常一样,一路说说笑笑,打打闹闹。

似乎是因为你已经释然了,所以今晚的冰淇淋你吃得非常香,比平时多吃了些。吃完后,特雷弗把你送回了家。

"今晚你能来我很高兴。"在你进门的那一刻,特雷弗说。

"我也是。"你紧紧地拥抱了他一下。

"你是我最好的朋友,"他也紧紧地抱着你,"你知道的,对吧?"

"我知道，"你把头枕在他的肩上，听到他这么说你觉得很满足，你轻轻地闭上眼睛。"我向你保证，无论发生什么事情，我永远都是你最好的朋友。"

"我也保证。"

"我也是。"你知道，你和他紧紧拥抱的时候，你感受到的只有友谊。没有触电的感觉，没有兴奋和激动，只是一种温暖的、平静的、舒服的、熟悉的感觉。也许，之前你的那些感觉也只是你自己想象出来的——可能是你很想有一个男朋友，才会误把与特雷弗的友谊当作是爱情。是的，今天晚上，一切都很明了，特雷弗还是特雷弗，还是你最好的朋友。

你们是好朋友——最好的朋友——而且一直以来都是这样的。

晚上，当你一个人静静地躺在床上的时候，你发现自己根本无法入睡，一种难以言表的开心和满足充斥着你的内心。很长时间以来，你一直都期待着自己的白马王子什么时候能走进你的生活，否则你就会觉得自己是不完整的。但是现在你已经不这么想了，你意识到其实在你的生命中有很多值得你去爱的人，而且这种爱不仅仅只是爱情。

你很高兴自己并没有去冒险向特雷弗表白。你知道，有一天你一定能找到那个人，那个你真正喜欢的、值得你与之交往的人。不过，你不急于现在就要找到他。你想，你会继续开心地过你的单身生活,静静地等那一天的到来。

　　而且,有特雷弗这么好的朋友在身边,你是不会觉得孤独的!

　　☺ 结束。

No.22

　　就在这条"可以使熊追不到你们"的溪流里，杰里米向你跪了下来，举起双手："原谅我吧，别生气了好吗?"他看起来就像一只饥饿的小狗在可怜地向人讨食。虽然你还有些生气，但看到他这副滑稽的模样，况且他也浸在水里，你最终忍不住笑起来。你说："你总是有这么多的鬼点子，是吗?"

　　杰里米这才站起来向你走来，他抓起你冰凉的手紧紧焐着："这么说，你不生气了? 你同意继续和我一起走啰?"

　　"等一下，"你提醒他，"除非你答应我不再骗我。"

　　"我不再骗你了，我发誓，"他说，"走吧，我要给你个惊喜。"

　　"什么?"

　　"相信我就好了。"

　　你笑起来："但是我怎么还是觉得你在骗我呢?"

　　"我真的是认真的，"杰里米又重复一遍，"真的，相信我。"

　　"我凭什么一定要相信你呢?"

杰里米仍然牵着你的手,而且牵得更紧了,这时,他把你的手放到自己胸前,让你抬起头来看着他的眼睛。你敢保证这是你认识他以来他头一次这么认真,严肃得根本一点笑容都没有。他严肃而又温柔地说:"相信我,我发誓你一定会喜欢的。求你了,就信我这一次。"

你耸耸肩,答应了。你伸手挽着他:"如果真是那样的话……那就带路吧。"

杰里米带着你走出了树林里的这条主道后,又沿着山间一条崎岖的小路往前走。你们一直走了好远,令你高兴的是你的衣服在阳光下很快就干了,不过这时候你还不知道不久后你将再一次变成一只落汤鸡。路似乎根本就没有尽头,你跟着杰里米走了好远都没有到,你不知道杰里米到底要把你带到哪里去。

当杰里米最后说"停"的时候,你已经再也走不动了。"我们已经到了,但是我想给你个惊喜,所以下面的路我牵着你走。"说着,他蒙上了你的眼睛。

"等一下,这样我什么都看不到了。"

"相信我。"他在你耳边轻声地说,声音轻柔、温暖,但也透着坚定。你承认,你确实相信他,无论何时何地,只要跟他在一起,你就觉得是安全的。

"好吧,"你说,"那我们走吧。"

杰里米牵着你,慢慢地往前走,你觉得这时候的杰里米非常体贴，你被蒙着眼睛有些不敢迈步子，他耐心地牵着你一步步地走，告诉你哪里该小心哪里可以放开走。几分钟后，他停了下来。"准备好了吗?"他凑到你的耳边温柔地问，嘴唇几乎就挨着你的耳朵。你点点头，深呼吸了一口，然后他轻轻地把手放开——

你不敢相信! 你觉得自己就站在世界的顶峰!

这真的是一个巨大的惊喜! 完美的惊喜，你都不知道该怎么表达自己的激动，只是目瞪口呆地看着眼前的一切。这时，杰里米从你身后把你紧紧地环抱住，你们就站在悬崖边上，大海在你们的脚下一直延伸到天边，在阳光下波光粼粼，就好像一片巨大的、璀璨的蓝色地毯，真是太壮观了。你觉得这一刻，整个世界都在你们的脚下。

"我真不敢相信自己的眼睛!"你不由自主地惊叹道。

杰里米找了一小片干燥的草坪坐下来，旁边正好也有一个小草堆，看起来干净舒适，似乎是让你坐到他旁边。"我有什么心事的时候，都会来这里。对我来说，这就是一个……不知道你能不能体会得到，不过，我还是第一次带别人来这里，我希望你……"

"我喜欢这里，"你似乎明白他想说什么，"谢谢你。"你其实想多说些什么，但你不知道自己会说出些什么，此时此刻，你害怕自己表达不够贴切而破坏了个美妙的时刻。这里给你的感觉是你无法用言语来表达的。

杰里米此时应该也是一样的心情，因为，他一反常态，显得非常安静。你们俩就那样，静静地坐在悬崖顶上，看着太阳一点一点地落下。突然，他开始说话了，而且似乎话匣子打开了就很难收起，他一直不停地说啊说啊，说他的各种感受，说他曾经来这里的时候的各种心情。

"这就是为什么我很喜欢大自然的原因，"他解释道，"这样的地方，这样的感觉，会让你觉得自己的灵魂已经脱离了肉体，与大自然融为了一体，你会觉得自己就是小草，是大树，是山峦，是大海，是带着咸味的海风……"

你听着他陶醉地描述着这种奇妙的感受，觉得自己看到了杰里米的另一面，这是你绝对没有想到的，你承认，这是一个美好的意外，你喜欢杰里米的这一面。这时，几滴雨溅到脸上。

"在世界上的万事万物中，包括每只动物，和我们之中的每个人，都有某种神秘的东西把我们紧紧地联系在一起……"

"呃，呃，好像快下雨了。"你犹豫了一下，还是打断了他的话，因为你得早点提醒他，否则再犹豫一下可能会被倾盆大雨浇个透湿了。

"我知道，我早上看了天气预报，这也是我带你来这里的一个原因。看，水是什么？水就是一切，海洋里的水，天空中的雨水，我们体内的血液，都是一样的，水生生不息地在这个世界循环,我们都是其中的一个环节,而且,当你……"

是的,你非常想看看杰里米丰富的内心世界,你承认在这样的场景下听他说着这些宇宙啊自然啊什么的,感觉确实非常不一样,因为你见过的大多数男孩都不会有这样的想法,更不用说会像杰里米这样描述出来了。很明显,杰里米为你展示了他内心更深层次的一些东西。但另一方面,你又不得不承认,尽管你的确蛮喜欢听他滔滔不绝地说这些,但你不确定自己是否真的能够领会他的所有意思,他的确说得很好,但是,他所说的这些东西,即便是他自己,又能真正明白多少呢?面对大海或者日落,每个人都会发一堆感慨啊什么的,这时候的你更愿意打断他,想想大雨来了你们该怎么办。

当然,一切都在意料之中。他根本就无意去躲雨,最终,你又一次变成了落汤鸡,你坐在那个给你带来惊喜、让你感觉美好的悬崖上,裹着一身湿透的衣服,拼命地发抖。你开始想,也许自己给杰里米的信任真的多了。

→ 如果你觉得杰里米说得很好,也认为和他一起在悬崖上淋雨是件浪漫的事情,请翻到 135 页

→ 如果你无法忍受自己淋着雨去听这个家伙神经质的感慨,请翻到 179 页

No.23

你很高兴自己一开始没有选择去找杰里米,因为,他没过一会儿就主动来找你了。那时,你正在魔镜厅里走着,突然杰里米从面前的一面镜子后面一下子跳出来,吓了你一跳。这真是太意外了。

"真讨厌!"你抱怨道,你把他扶在你肩上的手打开,"你差点把我的头撞到墙上了。"

杰里米耸耸肩,自觉没趣地走开了,伊莱恩赶紧追上去,似乎想劝他什么。这时,詹森和维多利亚他们也走过来了,詹森正在跟维多利亚讲解反射和折射的原理——不过,这听起来枯燥无味,但你看着维多利亚一副专注的样子,似乎她对面站着的是个小爱因斯坦。

你有意避开他们,一个人静静地走在后面。你漫步在这个到处是古怪的镜子的大厅里,不知道自己是怎么了。一个小时前,你还在面对两个你觉得都不错的男孩时难以取舍,可是现在,看着他们,你心中竟莫名地生出一股厌倦来。你前面的杰里米,正和伊莱恩手牵手地走在一起,很开心的样子,而詹森,也正在和维多利亚有说有笑,他们甚至更像在相互调情。不过你却一点感觉都没有,你不在乎。当你看着你最好的两个朋友似乎已经"瓜分"了那对是你最先认识的双胞胎,而你却独自一人走在后面丝毫不觉得妒忌的时候,你知道自己有点不对劲了。但到底是哪里不对呢? 你也说不上来。

你看着其中一面镜子里的自己——那的确是你,但却是扭曲的、变形的。你现在心里的某些感觉,其实就有点像镜中扭曲的自己,你明明知道那不是你正常的样子,但你却无法让它恢复正常,就像你现在不知道该怎么理智地思考一样。你想告诉维多利亚和伊莱恩你的这种感觉,但她们又怎么可能明白呢?

也许,只有特雷弗能明白你,你突然意识到这一点,特雷弗,是的,他懂你的一切。

但你在打奶瓶的游戏场那儿就把他扔下了,现在的你,只是孤零零的一个人。跟你一起来的朋友,正有说有笑地走在前面。只有你面前的那面镜子,才把他们映在你面前。詹森,在镜中变得又矮又胖,似乎整个人的高处和胖处完全颠倒了;杰里米,则被拉得好长好长,头都延伸到天花板上了,而胳膊也长得垂到了地上。

这些魔镜扭曲了所有的东西——你看着镜中奇异的世界若

有所思，就在这时，你看到其中一面镜子里，有一个熟悉的影子，那个影子没有夸张的短，也没有夸张的长，更没有被扭曲或变得混乱，那个影子没有任何异样，那就是特雷弗。

他好像是找到了唯一的那面不会把人照变形的镜子。在这个时候看到个正常的东西让你感觉好多了。有一刹那，你甚至都把镜子里的特雷弗当成现实中的人了。

"我就想我一定能找到你的。"特雷弗说，你在内心深处，仔细地感受着他的声音，他的话。是的，这就是特雷弗，他不是那个随性开朗的杰里米，也不是那个深沉博学的詹森，他是你认识多年的、你最信赖的、跟他在一起会让你觉得很舒服的特雷弗。这时的你意识到，似乎是因为你们认识太长时间了，以至于你都没怎么好好看过他，他在你的生活中似乎只充当着一个背景的角色。但是现在，在这个每样东西都变得扭曲的地方，你才意识到特雷弗才是你生命中那个唯一不变的人，是那个真正值得你信任的人。

"我很高兴你真的过来找我了。"你尽量说得让自己听起来平常一点。现在你知道自己该做什么了。特雷弗是你最好的朋友，你没道理因为自己奇怪的感觉就把事情搞糟。如果这只是你一厢情愿的感觉怎么办？

或者更糟的是——如果他对你也有一样的感觉怎么办？如果你们俩真的开始约会，你们的相处不再是从前的样子，那会是什么样子的……如果真是那样,你就失去了你生命中最重要的一个好朋友了,那会有多糟呢?

你一边胡思乱想,一边和特雷弗继续漫步在魔镜厅里,当你们俩的手不由自主地越靠越近的时候,你开始紧张起来。

"呃,我有没有告诉你我下周要去参加才艺秀?"

"什么?"你愣了一下才反应过来,因为刚才你一直在想自己到底该怎么办。

"才艺秀啊——我准备去参加那个才艺秀。"

你真想问问他到底是怎么想的,每年你们学校都会在开学前举行一个才艺秀——但至少你见过的,是一届不如一届了。不过,你突然意识到特雷弗还在等着你的回答呢。"呃……你怎么会决定去参加那个比赛呢?"

"嗯,你知道啊,我爸妈一向都不把我弹吉他当回事,所以,我想借这次机会……"就像你一样,特雷弗也是个音乐迷,只是唯一不同的是在音乐方面他比你更有天赋,他才十岁的时候就开始弹吉他了,去年他还加入了一个乐队。但是他爸妈一直都不喜欢他弹吉他,总觉得那是不务正业,经常说特雷弗为弹吉他耽误了学业。

你点点头,你很理解他的想法。"你是不是想,也许他们看了你的表演,会渐渐意识到吉他对你的意义?"

他说:"是啊,也许他们看了表演后还会为我感到骄傲呢。"

不过,想到他爸妈一贯的态度,特雷弗还是有点泄气。你真想上前给他一个拥抱鼓励一下他。但你还是忍住了。因为此时此刻,此情此景,让你觉得不敢放纵自己的感情,只能尽量表现得平常一些。

此时,你对特雷弗的感觉已经超越了友谊——你都有些不敢去想,如果你们之间真的从友情变成了爱情,那会是什么样子的。

"呃,我想,你有没有时间来看我的表演?"特雷弗说,"来看我的才艺秀,呃,你知道,我很想得到你的支持哦。"

虽然特雷弗尽量用轻松的语气,但你看得出来他其实和你一样紧张,你甚至觉得他也许比你还紧张得多。如果你们之间真的……那会是件好事呢还是坏事?

→ 如果你答应特雷弗去看他的才艺秀表演,请翻到 76 页

→ 如果你非常害怕,只想逃离这个地方,逃离特雷弗,请翻到 248 页

No.24

第二天吃饭的时候,詹森花了很长时间来决定吃什么,看着他一直盯着菜单却什么都没点,你有些不耐烦了。当他把服务员打发走却还是什么都没点的时候,你差点失态地朝他叫起来。最终,等他好不容易点完菜,你想该讨论你的歌了,可他却什么都没说,只是笑笑。

"好了,告诉我吧,你怎么看的?"你还是忍不住问,你不想再拖下去了,你现在就想知道他的看法。

"我怎么看什么?"

他在开玩笑吗? 他会不知道你在说什么?!

"我的歌!"你的声音有点大了。

"你的歌?"詹森皱起眉头并摇摇头,他的表情让你觉得心里被猛地一击。他叹了口气,说,"我不知道该怎么对你说,但是……"

"你不喜欢它? 我想我明白了。"你试着装出一副不是很在意的样子,但你说出这句话时,感觉到你的整个世界都开始坍塌。"我的歌一文不值?"你觉得很受伤害。

"你还想不想听我的看法了?"詹森问。

不想了,你不想再听什么了。但你还是点了点头,希望自己听到他说什么时别哭出来。

"就像我刚才说的,我不知道该怎么对你说这个,但是……"突然,他的脸上露出一个意外的笑。"我很喜欢它!"

你一下子愣住了,他刚才说什么了? 他说他喜欢?"你……是说真的吗?"

"当然,千真万确。我很喜欢它,这歌词让人肃然起敬。"

你一把把纸巾扔到他脸上。"我不相信你让我坐到这儿来就是想这样敷衍我的!"你没疯。尽管事实上,听他说喜欢你的歌让你非常高兴——这种高兴绝不亚于被他吻了一下。

"你说吧,你是怎么想的?"你有些得意忘形了,语气更像是在质问。

"呃,我不知道,它只是有点……"他皱皱眉头。"我不知道该怎样描述,它确实是一首好歌,你不觉得吗? 如果配上摇滚——大概就像我们在电台里听到的一样了。"

"我想是吧。"听他这么说时,你的笑容渐渐消失了,你开始怀疑难道是刚才的哪个细节让这次谈话变了味,和詹森一起吃这样一顿饭是你一直期待的事情,你知道自己并不仅仅是为了到这里来听他是怎样评价你的歌的。昨晚你躺在床上几乎一整晚都在想他,你知道自己喜欢他的敏感,他的创造力,以及他表达自己的独特方式。但是现在,坐在你对面的真的是詹森吗?他评价你的歌时显得有点不在行,至少你觉得以詹森的深沉和敏感,是不会说出这种显得有些肤浅的话的。

毕竟,你认为詹森应该比这要说得好,什么"让人肃然起敬"、"如果配上摇滚"之类的话,不像是从詹森口中说出来的。他在撒谎吗?或是他对这首歌的喜欢有所保留?你甚至开始怀疑,眼前的这个男孩是不是詹森了。

"你知道咯?我已经说了自己的看法了。我们现在说点别的事吧。你有没有看那部新电影?里面有个小男孩总喜欢穿肥大衣服的那部?"

"听着,詹森。"你想对他说点什么,但话还没出口你又停下来了。因为你还没想好该跟他说点什么。你开始意识到自己犯了一个很大的错,现在已经很明显了,詹森并不是你心目中的那个男孩。在事情变得更糟之前你会承认这一点吗?还是你想再给他一次机会?

→ 如果你决定对詹森说你的歌并不是像他说的那个样子,请翻到 175 页

→ 如果你不想过多地理会这种奇怪的感觉,觉得这只是你自己想太多了,请翻到 198 页

No.25

你希望杰里米会冷静一点,希望他对你说没关系的,你希望他其实很喜欢你,并不会介意这些。不是吗? 好男人是不会为你的呕吐生气的。也许他会好好照顾你让你好受些的。你一边忐忑不安,一边又自我安慰。

不过你那样想确实是在做白日梦。

因为他擦去脸上的污物后就再没跟你说一句话了。他也没告诉你你们之间是什么时候玩完的,他唯一的举动就是对你做了一个对你非常厌恶的表情,然后就走了,而且再也没有回来。

你知道你再也见不到他了。但他走开了也或多或少让你有些释然,至少现在,你可以让自己彻底忘了这糟糕的一天。

你的确可以忘掉这一整天——第二天开学了,你又见到了杰里米。不过,除了你,他跟每个人都有说有笑,唯独不理你,根本不理你! 他甚至过分地对所有人都说了你昨天吐了他一身的糗事。

　　午饭时,整个餐厅里的人都在议论你,你知道,你现在变成了所有人的笑料。在接下来的一整个学期里,没人不知道这件事,大家都叫你呕吐女孩。你不得不说服父母让你转学到另外一个城市。因为你在这里再也呆不下去了。

　　但你知道,即便是转学也无济于事,那只不过是在逃避,但你根本逃避不了,只要一想到这事,你就会非常痛苦。

☺ 结束。

No.26

你在更衣室外等着杰里米,希望能在第一时间祝贺他的胜利。当他终于出来时,你激动地上前给了他一个紧紧的拥抱。"你刚才的表现实在是酷呆了!"

杰里米的脸刷的一下红了起来,你还从来没有见过这个家伙脸红呢。"那没什么,"他喃喃地说道,"其实每个人都能做到的。"

"你说什么呢?"他这么说你都有些分不清他这是谦虚呢还是自大。"刚才你弟弟在第一回合就被淘汰了,但是你却——"

"他只是今天状态不好罢了。"杰里米马上辩解道。

"哈哈,可是你今天状态棒极了,不是吗?"你说,"来吧,我所认识的杰里米可是个喜欢吹嘘自己的家伙哦,他一定会为此好好庆祝一番的。"

杰里米点点头,似乎是被你的话点醒了。"对啊,"他想了一下说,"他会吗? 他不会吗? 我想,我当然会了。我们现在就去庆祝。"

"这才对嘛,我们怎么庆祝呢?"你高兴地问,"去喝冷饮? 还是其他什么?"

杰里米摇摇头。"还有比这更好的点子,有一件事情我一直很想去做。"

"哟,快点说嘛,别卖关子了,"你催他,"你想去做什么事情?"

"你。"

话音刚落,他就一把把你拉到他跟前,俯身抱住你的腰,就像那个经典的胜利之吻的姿势一样,他突然紧紧地吻住你。你吃惊得动弹不得,这个吻是这样的突然,几乎夺去了你的呼吸,模糊了你的意识,停止了你的心跳。它让你们俩合而为一,紧紧地连在了一起。

然后,还没等你回过神来,这个吻就结束了。

杰里米把你扶起来,仔细地看着你的脸,好像在回忆刚才的每一个细节。但你似乎感觉到什么东西不对劲——包括他看你的眼神,包括他刚才吻你的时候唇间流露出的温柔——这不怎么像杰里米的风格。你仔细回想刚才过去的几分钟,杰里米似乎表现得不怎么自信,也不爱炫耀,他甚至还会脸红。

"怎么了?"杰里米问,捋了一下你前额的刘海,就像刚才那样——可是又和刚才有些不同,他的动作更温柔,并且还带着些羞涩。

你重新打量了眼前的这个男孩，从头看到脚又从脚看到头，并没有发现什么迹象能证明你的怀疑是对的。那确实是杰里米棕色蓬松的头发，他明亮的巧克力色的眼睛，他宽阔的胸怀，强壮结实的胳膊都是真真实实映在你眼里的，可是为什么你会觉得眼前的男孩更像是詹森呢？

可是如果他真是詹森，他们为什么要拿你开这样的玩笑呢？杰里米为什么又会让自己的弟弟来冒充他呢？你希望自己是在胡思乱想，因为如果他撒了谎，是不会那样子吻你的。那个吻似乎能够到达你的灵魂深处——所以如果他是詹森的话，你一定能够感受得到的。

但是，你难道已经感觉到了什么吗？否则为什么会有这种奇怪的感觉？

→ 如果你最后还是决定忘掉这个愚蠢的想法，相信你眼前的就是杰里米不会是别人，请翻到 216 页

→ 如果你相信自己的直觉，决定弄清楚眼前的男孩到底是谁，然后看接下来将会发生什么，请翻到 154 页

→ 如果你决定直接揭穿他，叫他詹森，请翻到 22 页

No.27

其实,什么一帮朋友,无非就是杰里米、詹森、珀涅罗珀和帕特丽夏。你还能说什么呢?

"我没想到珀涅罗珀和帕特丽夏也会来这。"当詹森过来向你问好时,你有些没好气地说。因为这两对双胞胎,看起来实在是太相配了,这是你不得不承认的。你觉得自己在这完全就是多余的。

詹森一边低头看了看水深,一边对你说:"这不是我的主意。我们的父母是好朋友,他们总是让我和杰里米跟她们俩一起玩。相信我——"他转过身抬起头来,真诚地看着你,说,"我只想和你在一起。"

詹森把你带到独木舟旁,这时,其他的人正在挑选自己的桨和救生衣。

"哈,他看上你了!"依莱恩小声说。

"你这么认为?"

"看看他看你时的眼神就知道了，这么说你已经选好了？你确定了吗？"

"是的。"你肯定地说。你看到依赖恩神秘的眼神，她的心思根本逃不过你的眼睛，你知道她正有所企图。

"那么你不会介意我去——"

"去吧。"你才不会介意依莱恩去找杰里米的——你甚至连他们结婚都不介意。你已经不会再去想杰里米了。现在你满脑子都是詹森。现在，你只是迫不及待地想赶快坐上独木舟和詹森向湖心划去，这样你才可以把心里话都告诉他。

这时，只见珀涅罗珀走过来，扯着詹森的救生衣说："詹森，你和我就坐这个独木舟好了。"她从你身旁走过，一副趾高气扬的样子，而且还傲慢地对你说："詹森和我做什么都是在一起的。"

你讨厌听到她说詹森总是和她在一起，但是你又安慰自己，这没什么好介意的。毕竟，是詹森亲自约你来的，而且他刚才还亲口对你说他根本就没兴趣和珀涅罗珀和帕特丽夏她们一起玩。于是你自信满满地等着詹森出面说他要和你坐一个独木舟，甚至你还想等着詹森对傲慢的珀涅罗珀说别一厢情愿了……因为理所当然詹森会和你在一起。

不过，你错了。

詹森对你很抱歉地笑了笑后，便和珀涅罗珀上了独木舟。

"她不会划水,我得帮帮她,至少现在吧。而且,你不是还有伊莱恩吗——她刚来,跟大家都不怎么熟,所以你也许……"

你还能说什么呢?而且你也不想被当作一个为了个男生就把好朋友放在一边不管的女孩——尽管你知道伊莱恩在这件事情上一定会站在你这边的。

"可是我也不怎么会划啊,"你想争取些什么,"难道你不能——"

"或者我们可以待会儿再换过来啊?"詹森说,似乎根本就没有拒绝珀涅罗珀的意思。你还没来得及继续说,珀涅罗珀就已经把独木舟推到水里去了。她对着你挥了挥手,像是在对你炫耀她的胜利,对你说她打败你了。当然,你承认,她是赢了。

剩下的最后一条独木舟看起来比你的心情也好不到哪里去,似乎下水后支撑不了多久就会沉掉。但除了它,你们也没有其他选择了——杰里米已经和帕特丽夏划出去一截了。伊莱恩先跳了上去,然后你也上了这条破破烂烂的独木舟,船底还在渗水。为了这次约会,你还特意穿上了你的新鞋,但现在,你只得穿着它踩进这又脏又凉的水里了。

→ 请翻到 80 页

No.28

　　你和詹森面对面地坐在餐桌前。你很想知道他对你的歌会作何评价——但他看起来好像不怎么想告诉你,他说还是先吃饭,诗的事情吃完了再说。对于他会给出的评价,你充满忐忑,哪有心情去吃东西,但詹森那么说,你也只好点点头答应了,否则你还能怎样呢?

　　整个午饭时间,你们都在东拉西扯地聊着些无关紧要的东西,虽然他在不断地找话题和你说话,但你根本没法集中精神,你满脑子都是紧张,不知道他到底会怎么看你的歌。

　　最后,他终于吃完了,你囫囵地吞了几口,焦急地等他开口。他不紧不慢地把你的诗稿放到桌前摊平,露出一个熟悉的笑容,说道,"你的歌,"你紧咬双唇,尽量让自己镇静下来。"昨天你能对我的诗说实话,我非常高兴,所以我想,你也希望我对你说实话。"

　　你点点头,满心期待他也能喜欢你的歌。

"我很不喜欢。"

你愣了一下，真是狠狠地愣了一下，他刚才说什么来着？他真的说不喜欢了吗？

"陈词滥调、矫揉造作，对这首歌，我只能这么说了。坦白说，我完全没想到它竟然会是这样子的。"

你也没想到，他会说得这么尖刻。你承认那的确是有点点肉麻，但也不至于说成是矫揉造作吧，而且，难道他就一句好话都找不出来说吗？他如果真的在乎你，会这样残忍地对你吗？

"所以……你就对它没有哪怕一点点的好感吗？"你试着暗示他，听他这么说你是什么感受，你难过得眼泪都快出来了。这么长时间了，你从来没有把自己的歌给任何人看过，这是第一次，难道注定也是最后一次吗？詹森的话，让你的世界突然黑暗下来。

"我也希望能有。"说完，詹森把你的诗稿交还给你，"我没有读到任何发自内心的东西，没有闪光点，没有创意，寡淡无味。我哥哥经常会在我面前念这些东西，说准确点是骚扰，他知道这会让我发疯。"

詹森的最后这句话忽然间触动了你，你脑海中浮现出杰里米闹闹喳喳的身影。你真不知道自己是怎么选择的，为什么就偏偏选择了詹森呢？真是个天大的玩笑，你最后选择的詹森，会这样毫无顾忌地把你的作品贬得一文不值。你太失望了，眼泪一下就落了下来。

"如果我让你难过了,那么对不起,"詹森说着突然抓起你的手。真好笑,一分钟前,他那样损你的诗,现在却这样对你。"其实,你要知道,并不是每个人天生就是诗人,也许是这首诗只是特例,它没有表现出你的可爱之处,也许你的其他歌会很好啊,相信我,你的确是个非常可爱的姑娘——"

可爱? 你在他眼里真的很可爱吗?

别好笑了!

他把你当成是什么了? 玩偶吗? 你一把抽出你的手站起身来,你没有必要在这个家伙面前浪费自己的时间,你这个没天分的人没有必要再跟他纠缠下去。他如果认为你会乖乖地当他可爱的傻瓜,那么他才是天底下最大的傻瓜。

"等等!"

你转身离开了餐厅,头都没回。

他会后悔吗? 你也管不着了,就权当给他这个大诗人当写作素材吧!

☺ 结束。

No.29

"我有些话想对你说。"你看着特雷弗的眼睛,但是你还是没有足够的勇气说出来。

特雷弗向前靠近了一步,握住你的手说:"小傻瓜,对我你可以说任何你想说的话。"

你叹了口气,也许在以前,你可以对他说任何事,但是现在不一样了。现在你想对他说的,并不是一般的事情,它也许会彻底改变你们之间的友谊,你的生活,所以你才会这么迟疑。"我……我……我不能。我还没想好该怎么说,给我一点时间。"

你深呼吸了一会儿,希望这真的会让你放松点,但根本没用,你还是紧张,你还是不知道到底该不该说,该怎么说。你越想说就越觉得自己不能说。

"如果让我先说的话,你会不会容易点?"他有些犹豫地问。

"你先说什么?"

"我也有些话想对你说，"他说，他咬着自己的下嘴唇，然后伸出手来，轻轻地帮你理了一下你额前的一缕头发，"我一直在想，也许我们……也许你和我——"

你屏住呼吸。

"也许我们不应该再做朋友了。"

"什么?"他说出这句话来让你意外地叫起来，"为什么? 发生了什么事? 我怎么了?"

"不,不,我们应该做朋友，"他见你反应这么强烈，马上抢过来说，"我只是……我的意思是……我是想说，也许，也许我们之间应该有点更多的东西，我的意思是——"

"你也有这样的感觉?"你非常期待，这是你无比期待的一句话，"我是说，你是不是也认为我们之间应该……"

"我不知道。"特雷弗最终还是逃离了你的目光，"我不知道我说出来会不会让事情更糟，我是说，我知道我应该确定这种感觉，但是我做不到，有时候，我觉得我们是朋友，但是有时候，我又觉得……"

"有些不一样，"你接过他的话说，"我也一样不确定，我只是想，也许，我也不知道。"

你们俩都沉默了，只是相互凝视着。但几乎又在同一时刻一同开口，你们不禁一起笑起来。

"那我们现在应该怎么办?"他问，这时你们又都同时停下来，"我们，我们会交往吗？"

"我不知道，你呢？你想不想？"

"呃，我也不知道我想不想，但是我不知道怎么了，我……"

"我，呃……"他脸憋红了。"我想我有办法了。"

"什么？"

"呃……"他紧紧地闭上眼睛，然后快速俯身吻了你，姿势极其别扭。先是因为他动作太快让你们鼻子撞到了一起，后来，当你们接吻的时候，你又感觉到他的嘴巴——他在笑。不过，这些滑稽的场景丝毫没有影响你们的热情，他双手紧紧地拥抱住你，你们深情而又满怀幸福地对视了半天，最后才开始放松地吻起来。

其实，和特雷弗接吻的感觉很奇怪——特雷弗，你才十岁的时候就认识他了。你和他一起卖过棒球赛的门票；和他一起分享过同一杯牛奶；和他一起抢过东西吃——这个你从小一起玩到大的好朋友，现在，你居然正在和他接吻。此刻的你虽然满心欢喜，幸福无比，但还是不敢相信你和特雷弗的友谊居然发生了质变。但是，它确实发生了，千真万确。你无法否认，这是你亲自感觉到的。

这种感觉很真实，而且真实得都让你有些害怕，因为你都有些不敢相信自己竟然以这样的方式找到了真爱。他竟是和你一起长大的好朋友——特雷弗，对你来说，他就意味着全部，你爱他，你甚至希望自己永远都能像现在这样吻他。

"我现在很清楚，我知道我要的是什么。"你嘟囔道，特雷弗轻轻地用吻堵住了你的嘴，这是他的回答，他也想说，他爱你，非常爱。

☺ 结束。

No.30

你虽然也很想试试跟詹森一起去会是什么感觉,但那些猫猫狗狗确实不是你所喜欢的。并且更重要的是,你觉得一个喜欢小动物的男生根本就不对你的胃口。

"对不起,"你耸耸肩说,"你知道,我现在已经不会对它们很着迷了。而且,我还在等杰里米。"

"那好吧,我明白了。"詹森说话时,嘴巴甚至都有点微微的颤抖,你真担心他会不会哭出来。温柔、敏感是一回事,但如果一个大男生居然动不动就哭的话,那就真的无法接受了。詹森很快转头走了,似乎你的拒绝让他很受伤害。你开始庆幸自己没有选择和他一起去了,你不喜欢男生这样。

詹森这样弄得你也有点不高兴——不过,当你又重新看到杰里米富有感染力的笑和他可爱的酒窝时,不愉快很快就消失了。在杰里米面前,想不被他的热情感染都很难。

"准备好了吗?"杰里米问,顺便把一只手搭在你的肩上,似乎并不觉得这是什么大不了的事。但对你来说,这已经很大不了了,只是你尽量装出一副无所谓的样子。

"我们还在等什么? 快走吧。"虽然他是这样说,但是,你们俩谁都没有赶,似乎是有意这样慢慢地走。你并不希望太快就到目的地,因为你喜欢被他搂着的感觉。你在想,他是不是也因为同样的原因而刻意放慢脚步。

你们走到蜘蛛飞车那儿,没等多久就可以上车了,你和杰里米找了一个座位,噌的一下跳进去坐好。你一上去就紧紧地抓住防护栏。

"害怕了吗?"杰里米问你。

"当然啦。"不过和他一起冒险你还是很坚定的。"这是吓唬小孩子的游戏。"杰里米说。吓唬小孩子? 你还真不想提起你小时候被这个大蜘蛛机器吓得哇哇直哭的样子。

杰里米用两个手指在你的腿上轻轻地划过,说:"我敢说这如果是个真的蜘蛛的话一定会吓死你的。"然后从你的膝盖划到肩膀,让你觉得鸡皮疙瘩都起来了。

"嗨!"你轻轻地叫道,似乎在说注意点儿,但你其实是希望他继续。

"大蜘蛛来了!"他两只手都开始在你身上划,手指划过你的下巴、脸颊,你叫嚷着想把这些"蜘蛛"打开,但他突然停了下来——

他两只手轻轻地捧着你的脸,你们俩的距离近得让你能感受到他的鼻息。你紧张极了，似乎知道马上会发生些什么。"你的笑容很美，让我都有些——"

这时，飞车突然起动了，你一下子重重地撞倒在他怀里。这让你很失望，他刚才几乎要吻你的！……飞车开始旋转，而且越来越快，忽上忽下、忽左忽右，一圈一圈不停地转，飞速的旋转让你头晕目眩，你根本没有力气再去想其他事情了，你只感觉到所有的东西都在你眼前飞快地掠过，只感觉到自己一次次地与杰里米撞在一起。

当飞车又开始往一边猛地一倾时，杰里米又重重地撞到你身上，他在一片尖叫中大声问你："我没撞伤你吧？"

你已经晕得连呼吸都很难控制了，飞转的世界、一次次的相撞、人群的尖叫……周围的一切开始在你的脑袋里混作一团，你的意识也开始模糊了。"看着点前方！"你连说话都很不舒服了。飞车继续飞快地转向、上升、再转向——你又一头栽进杰里米的怀里。

"别担心，我会搂紧你的，"他说，"我不放手，别害怕。"

其实你宁愿不这样，你头晕得实在太难受了。

他一直紧紧地搂着你，直到旋转最终停下来——后来，这次飞车冒险也成为了你无比后悔的一件事情，正是它结束了你与杰里米的故事，也结束了你原本快乐的生活。

"接下来我们去哪？"你庆幸这游戏终于结束了，你不想再呆

在这儿了,只等着飞车最终停稳后放下保险杠赶快下车,你说,
"我们去其他地方吧。"

"很抱歉,我的小姐,我还想在这儿玩。"杰里米说着帮你打
开保险杠让你下车,说,"我就在这儿了,你自己去找你的同伴
吧,你知道怎么去的。"

"噢。"你的脸阴沉下来。你当然知道怎么去。但好不容易
和一个男孩单独约会——结果却是你独自一个人回去。如果你
一开始知道是这样的话,你是绝对不会和他一起来的。

"那你明天什么时候有时间呢?"他问你。

"什么?"

"明天早上,詹森和我要去学空手道,下午我准备去练瑜伽。
当然,你可以随便选一个,上午或下午来都行。"他说完,抓起你
的手轻轻吻了一下,但你却一点都不喜欢这感觉。他难道就不
会先征求你的意见吗?他就知道你一定会去吗?居然……就这
么无礼这么不把人当回事,真是……这时,你不由自主地想起詹
森的好来,詹森决不会这样不尊重人。詹森会征求你的意见,决
不会这样粗暴地命令你!只是,你的心又软下来,杰里米其实没
错,你的确很想再见到他,很想跟他们一起去。

你从来没有练过瑜伽,但是你想那一定非常有意思。而且
你也很想看看杰里米安静下来会是什么样子的。你几乎就没见
过他什么时候会安静下来,哪怕就一会儿。

你承认你喜欢他每时每刻都精力充沛的样子,喜欢他明亮的眼睛,喜欢他的各种新点子,而你也想知道这个人更深层次的东西,但是……他刚才不是说了詹森也会去学空手道的吗?或者你应该选择上午去?也许你同时见到这对双胞胎,就能更好地在各方面将他们比较一下,看看自己到底该选择他们中的哪一个。

→ 如果你选择瑜伽,好与杰里米的关系更进一步,请翻到 219 页

→ 如果你选择空手道,好再比较一下这对双胞,请翻到 93 页

No.31

　　杰里米注意到你在发抖，体贴地问道："你想走了吗?"并上下搓着你的手臂，好让你觉得暖和些。

　　即便现在你又湿又冷，你都不愿意牺牲现在的每一秒钟，你说："不，我们就呆在这儿吧。"

　　你们就那样坐在悬崖边，看着雨中的夕阳隐隐约约地照亮着海面，你内心有种说不出来的平静和祥和，你想，也许杰里米说得对，你似乎也感觉到世间万物都是相互联系着的，这是你对大自然从未有过的感受。而且，此刻的你，也前所未有地觉得跟另一个人的心可以靠得这么近。

　　"我有一个秘密。"突然，杰里米这样说。

　　"秘密? 你的又一个惊喜?"

　　"算是吧，"他对你招手，示意你靠近点。"过来，靠近点，我悄悄地告诉你。"

　　你靠过去。

　　"再近点，"你又靠得近些，"再近点。"你们已经紧紧地挨到一起了。你的脸几乎就碰着他的脸了，这时，你发现，自己正映在他清澈的眼睛里。"这个秘密就是——"

　　他突然凑上前开始吻你。天啊！你觉得又惊又喜，一阵暖流流遍你全身，这是你经历过的最浪漫的事情了。你也不顾一切地深情地吻他。你们俩紧紧相拥，在悬崖上，在雨中……

　　☺ 结束。

No.32

你还是买了几个哈斗蛋糕来填肚子。这时,杰里米问:"那接下来我们去哪儿呢?"他似乎忘了刚才还答应带你去找棉花糖的。你想,这个家伙从来都是三分钟热度,他对你会不会也是这样呢?

"去魔镜厅怎么样?"你说,杰里米也许想一刻不停地玩下去,但你已经觉得很累了,你想去个轻松点的地方。

"我不喜欢那儿。"杰里米任性地说着,并一下蹦到你面前,一口咬掉了你正准备送到嘴里的蛋糕,甚至差一点就碰到了你的嘴,你到口的食物又一次因为这个家伙而泡汤了。

"这不是第一次了,杰里米!"你大声叫起来。但其实你内心更希望自己脱口而出的话是"吻我,杰里米"。

不过,他并不介意你这样大声:"我已经准备好去别的地方冒险了,别犹豫了,准备动身吧。"

"我想去魔镜厅。"你很不高兴杰里米会这样,似乎一分钟前你还觉得没关系,但现在你又有点生气了,他只想着自己,根本不考虑你的感受。你有些怀疑自己是不是真的喜欢这个幼稚自私的男孩。

"那多无聊啊,我可不喜欢。"

"可你弟弟也在那儿呢,"你说,"我的朋友们也都在那儿,我想我们应该去跟他们会合。"

"好了,"他有点不耐烦了,"那你去吧,我十点再过去找你们,我现在要去买瓶苏打水喝。"

"你刚才才喝了一瓶的,"你很不喜欢他的这种态度,真奇怪,为什么他会这么反对去魔镜厅呢?"来吧,我们一起去吧,你也可以见到你弟弟啊。"你仍在试图说服他,因为这样你才可以再对比一下这对双胞胎,看看自己到底更喜欢哪一个。

噢!你似乎突然被什么击中了,你突然意识到自己好像还从来没有同时见到杰里米和詹森的!每次都是一个出现的时候,另一个就"碰巧"不在。而且他们的借口听起来都很奇怪,难道是——

"好了,我知道你想我们一起玩,我只是——我只是很想去那里罢了,我呆会儿一定过去找你们好不好?"他说这话时,眼睛四处看着,似乎不想再跟你说下去了。

你更加困惑了,难道杰里米和詹森不是你表面看到的那样?否则怎么解释你每次都不能同时看到他们呢? 难道——难道他们根本就是同一个人？

你摇摇头，这个想法太不可思议了。

但也许这就是真的。

→ 如果你想直接问杰里米这是怎么回事，请翻到 154 页

→ 如果你不相信自己的直觉——毕竟你看了太多的肥皂剧了，这怎么可能是真的？请翻到 181 页

No.33

疮痘比你想象的要大得多。

它就长在詹森额头的正中间，很大一个，而且又红又肿，还流着脓。

你想象中的绝对没有这么严重。

不过，你不在乎。

詹森为你开门时，显得非常尴尬，他在嘴里嘟囔了几句，好像是在跟你道歉什么的，但声音却小得恐怕连他自己都听不见。不过，你倒是很大胆地上前吻了他一下。

詹森感动得一把搂住你，你隐约意识到这将是一段真爱的开始。你不敢相信自己先前竟然还犹豫过要不要选择和杰里米在一起，哪怕那只是一瞬间的想法。现在你终于明白，你和詹森才是真正相配的。你们一下午都有说有笑，詹森甚至都忘了自己额头上的大脓包了。而你也丝毫不在乎。詹森实在太震惊了——因为，即使他看起来像个丑八怪，你还是丝毫不嫌弃地爱上了他。

当你对他说你并不介意的时候，他再一次吻了你，非常深情。他说，你是他见过的最美丽的女孩子。你其实想告诉他，他也是你见过的最棒的男孩。

你能够超越外表去欣赏詹森的内在美，这让詹森受到了莫大的鼓舞，他后来专门为此写下了一首诗《美女，与野兽——我》，这首诗还获得了国内的一个文学奖，并发表在一本很有名的文学杂志上。

现在，詹森已经非常出名了，而你，也以他聪慧、美丽、善良的女朋友而被广为称道。你们的一举一动都被外界关注着。但你知道，你们一直以来所做的都很简单，只是懂得相互欣赏，而且是发自内心的。

☺ 结束。

No.34

你一定是太累了,真正的累了。因为你躺下后足足睡了一个星期才醒过来。等你醒来后,狂欢节已经结束了,你发现自己居然在一个流动演出团里,而且更可怕的是你们已经离开了小镇。

一开始,你充满了恐惧和沮丧,你发现自己不但已经离家有好几百里了,而且每天要和一个奇怪的长胡子的女人共用一个床铺,这根本不是你的生活。

可另一方面,你内心却有一个声音在说,与演出团一起旅行也将会是一种自由而热闹的生活。这意味着你可以不用再被父母逼着每天吃蔬菜,不用再理会那些无休无止的家庭作业了——而且你还可以尽情地吃你喜爱的棉花糖。

就这样,你最终做了一个改变你一生的决定——留下来。虽然当时你只不过是想在那里多玩一阵子。但没想到,几个月、几年就这样过去了,直到你渐渐忘了过去的生活,成了一个真正的狂欢节演员。

直到有一天,你才想起了自己的过去——在表演的时候,你在观众中看到了杰里米和詹森。刹那间,记忆像潮水般涌来,你希望这对双胞胎能认出你,但是没有。是啊,为什么会认得出你呢? 你已经不再是过去的样子了,现在的你,只是一个逗人开心的带着文身的女演员,一个巡游演出团的明星。还会有谁能认出你来呢?

想到你今后还将这样生活,你不禁伤感起来。

但舞台还在,观众还在,你仍得继续你的表演,在观众面前尽力地扮演你的角色。

毕竟,这么多年来,如果还有什么事情是你从中学会的话,那就是——表演仍将继续。

☺ 结束。

No.35

　　毫无疑问,你喜欢詹森的诗。虽然你承认其实你也不是很明白他的诗到底表达了些什么,但是你确实觉得它很美。他的诗不像其他人的,给人一种做作且自命不凡的感觉。你能够感觉到他的语言都是发自内心的,从他的诗里,你甚至觉得自己能看到詹森更真实的一面,那一面,深沉、隐蔽。

　　你现在该做的事情就是想想自己呆会儿该怎么表达这种感受,你不想自己的评价像其他人一样显得幼稚空洞。因为,在听完他的诗后,你觉得自己更喜欢他了,你想让他对你也有同样的感觉。所以,你必须说得很独特也很到位,必须要在詹森面前表现出你的聪明和独特。

　　不过,已经晚了——看来你是没有时间好好准备你的台词了,诗会结束了,詹森直接朝你走过来,牵起你的手把你带到厨房里,似乎有话要单独对你说。

　　"怎么样?"他急切地问,"你觉得怎么样?"

"我很喜欢。"你诚恳地说。人们平时都是怎么评价别人的作品的？你绞尽脑汁地想找出些看起来在行的词藻，最后，你憋了半天，开始说："呃，我觉得它很有思想，也很吸引人，并且充满热情，似乎是自我的一种——"

他轻轻地把手指放在你的嘴唇上，示意你别说了，你被他这种突然而温柔的举动惊呆了，停下来看着他，希望他的手就永远停留在你的嘴唇上不要放下来。但是他很快就把手移开了。

"对不起。我想听你说真话。"他微微地笑着，仍旧温柔地说，"已经有太多人批评我的这首诗了，我希望听到你的真实评价，告诉我真话，你觉得它怎么样？"

他这么一说，弄得你都不知道该怎么往下说了。你不明白他这样说是什么意思，他是在暗示你没有他的诗友们在行，不知道该如何理解他的诗吗？还是他希望听到你不一样的评价，因为在他心中，你是一个特别的女孩？这是一个好信号呢还是他只是在愚弄你？

不过，你最后还是把这些问题全都抛到了脑后，因为你觉得应该坦诚地告诉他你心里的想法。你诚恳地说："我确实非常喜欢它，尽管我不是完全明白它所要表达的东西，但是我能感觉到这是出自你内心的东西。你把内心最深处的感觉表达出来了。你能理解吗？我觉得它跟其他人的诗不一样，它不肤浅、不苍白，我想你记录的就是你最真实的感受吧。"

你说完这番话后，他沉默了好一会儿。你担心是不是自己说得太多了，或者说了些什么不该说的话，又或者是没说够？还是说错了什么？毕竟，你以前还从来没有这样评论过一首诗。

但他长时间的沉默却让你感到有些不对劲了，你开始想他是不是在等你离开。因为，是他邀请你来参加诗会的，现在，大家都已经离开了，只有你留在这里。或许是你自己傻傻地一厢情愿地以为这是一个约会呢。

接着还是沉默，你越来越不知所措，你不知道自己是该说点什么呢还是该离开。

再接着，就是没有任何预兆地，他吻了你。

他的吻温柔、甜蜜——但也非常短暂。几乎是你才意识到他在吻你，他就停下来了。只是他并没有走开，他还搂着你。你觉得非常眩晕，只是尽量让自己的呼吸平静下来。

你不相信他吻了你。

你不相信这感觉会这么好。

你也不相信这个吻就这么结束了。

而且这一切都太突然了，你意外得根本就不知道接下来会发生什么。

"跟我来。"他突然说。

"现在吗？去哪？"其实，你根本就不介意他会带你去哪，此刻的你，会毫不犹豫地跟他去任何地方。

"是个惊喜。"他边说边把你带出去,来到他的车旁。"我有东西向给你看。"他似乎完全变了一个人,根本不像你之前认识的拘谨严肃的詹森,此刻的他显得很开朗很放松。难道是因为你听了他的诗,他便可以毫无顾忌地在你面前展示他完整的样子了? 他此刻的开朗让你想起了杰里米。你有些暗自高兴,也许你和詹森也可以像你和杰里米那样肆无忌惮地大笑大闹了?(不过,你心里仍然有一个很小的声音在说,你选错了,但这个声音马上就被你制止了。)

詹森没有告诉你他会带你去哪儿,但当车停下来的时候,你认出了那地方。

他非常绅士地为你打开车门,你疑惑地问:"是美术馆?"你在五年级的时候曾来过一次,后来就再也没有来过了,但你还记得这地方。

詹森牵着你径直走了进去,"相信我。"他说。

还是你记忆中的那个样子,美术馆似乎没有变,还是长长的走廊,雪白的墙壁,各种各样的画作,相互交谈的参观者……对这些你并不觉得陌生。

詹森带你穿过了展览大厅,进了一间小屋子。你环顾了一下四周,确定这是你以前没有来过的地方。这是一个空房间,只有一幅很大的画挂在对着门的那面墙上。你不由自主地屏住了呼吸,画面上是浓厚的色彩堆成的一道五彩斑斓的彩虹,这幅画是如此的大，以至于让你感觉是画家把真正的彩虹搬到了这块画布上。

这时，詹森往你耳朵里塞了一对耳塞，递给你一个随身听。

"你要做什么啊？"

"相信我，你照做就是了。我马上就回来。"

詹森说着就丢下你走开了，空空的展厅里就只有你一个人，还有那幅近看时色彩杂乱的巨画，你发现，当你盯着画面看时，画面上的色块似乎会移动。你耸耸肩，不知道是怎么回事，于是打开了随身听。

一阵悠扬的长笛声在你耳边想起，接着，是黑管的声音，然后小号声也响了起来，伴随着长笛奏响的主旋律，真是太美妙了。你被带入了一个音乐的世界，你从来没有听过这么奇妙动听的音乐。

你站在这幅画前，听着这段奇妙的音乐，不禁觉得你眼前的画似乎活了起来，色彩开始旋转，画面上的小色块不断移动，竟然开始组合出一些形状来，这些形状渐渐变得清晰，你看出来了一棵树——接着画面变成了一张脸——再接着你看到一个怪物——然后画面又开始混乱起来——最后，你竟然在画面上看到了你自己！简直难以置信，这样一幅杂乱的画面上，居然可以看出这么多东西来。你甚至都不相信自己的眼睛，死死地盯住画面，它的确在动，不断地有不同的图形出来，你被深深吸引住了,完全进入了一个忘我的境界,根本没有注意到周围。

这时,有人拍了拍你的肩,是詹森吗?

你把耳塞取下,回过头去——但那一刻你非常失望,因为那不是詹森,而是杰里米。尽管之前你的确曾考虑过他,但是那个下午以后,你已经非常肯定了,杰里米不是你的那个他。你知道谁才真正懂你,你希望见到的是詹森,而不是杰里米。

由于你已经把杰里米"踢出局"了,所以也不在乎杰里米是牵着你最好的朋友伊莱恩的手出现在你面前的。看来,那天的秋季狂欢后,有所收获的并不只是你一个人。如果在其他情况下,他们这样做肯定会激怒你,不过,你现在不关心了,因为你已经选定了这对双胞胎中的另一个了。相反你倒是有些担心,不知情的伊莱恩会不会觉得是自己把杰里米从你身边抢走而有些不好意思。

"真没想到我会这么快又见到你,"杰里米说,听他这么说,你想这家伙该不会是还在想着狂欢节那天你是怎样对他的吧。伊莱恩刻意和杰里米保持了些距离,你知道她在顾虑什么。其实没关系的,你真想对她说,没关系,他是你的了。

"是你弟弟带我到这里来的。"你解释说,说这话时,你的脸红了起来。但你想让杰里米知道,你是和詹森在一起的。

你看到杰里米的脸上闪过一丝失望,不过很快就消失了,快得甚至让你有些怀疑是不是自己想太多了。"哈哈,是这幅画!"

杰里米转移了话题,指着那幅巨画说,"这是这个城市里他最喜欢的地方了,而且他能带你来都让我觉得有些吃惊呢。他平时就喜欢这些,他总说他热爱印象派的一切,但我觉得他不过是喜欢摆弄那些画笔和水彩罢了。"

"不会吧?"你没想到詹森还有这样的一面,在你的印象中,詹森只是个很严肃的家伙。

杰里米笑了笑,接着说:"你要是真不知道的话,那一定是让他骗了,别看他外表正经严肃,他的内心不过是个奶油小生。你不是知道他喜欢诗的吗?"

你点点头,想着,最好别告诉他你和詹森这一下午是怎么过的,要是他知道了你们一下午的时间都浪费在一个诗会上的话,你真不知道他会说出些什么话来。

"那想必你也领略过他所谓的原创诗了。"杰里米说着笑起来,你听得出,他其实是在嘲笑,在不屑,伊莱恩也跟着咯咯地笑起来。你讨厌他们这样的笑声,听到杰里米这样说詹森已经让你很不舒服了,再看着他们这样嘲笑他,你都觉得自己是在背叛詹森。杰里米接着阴阳怪气地说:"你们女孩子一定很喜欢吧?他的诗还真是柔情又浪漫呢!"

你觉得很尴尬,不知道说什么好,只好敷衍着问,"是吗?"

"他酸着呢。"杰里米说。

你不愿意看到詹森被自己的哥哥在背后这样说,但你却有些不由自主地担心杰里米说的是不是真的。

"别再说了，我们还是走吧。"伊莱恩仿佛看出了你的不愉快，于是凑到杰里米耳边小声地说。杰里米这才揽起伊莱恩的腰，跟你说了声"拜拜"就走了。你不想去想太多，于是转回头重新盯着那幅画，想找回刚才那种奇妙的感觉——但那感觉已经不在了。

几分钟后，詹森回来了。"怎么样？"他问道。

"真是太神奇了，"你说，虽然这也的确是真话，但听了刚才杰里米那一番话后，站在詹森面前你已经感觉有些不一样了。不过，你倒是有所顾虑，对刚才的事情只字不提，你不想把事情搞复杂。"谢谢你带我来这么奇妙的地方……你是怎么知道这里的？"

他听你这么说后似乎有些不好意思，说："我，我上次听你说你喜欢音乐……而这里，我觉得你应该会喜欢这里，所以就带你来了。"

你喜欢詹森以这种方式去尝试着了解你的感觉，而且，他的确懂你，哪怕你们才认识不久。和他说话你觉得很轻松，不需要做过多的思考和解释，你想什么就说什么，他似乎都能明白。剩下的时间里，你们俩一直在美术馆里逛，谈展出的各种作品，谈你们各自的生活。你们回忆起小时候在枫树垅念书时的情景，你们二年级的时候还做过同桌，班主任是多兰老师。你们也聊了各自喜欢的品牌,他还给你背诵了他原创的两首诗,的确有点酸,像杰里米所说的"柔情又浪漫"。

转眼就到了晚上,但你仍意犹未尽,恨不得把时间拨回去再重新过一遍。

詹森开车把你送到了家门口,他依旧非常绅士地为你开了车门。就要说再见的时候,詹森突然一句话不说,静静地站在你跟前深情地看着你,都让你有些激动地以为他要吻你了。但你错了,最后他只是说:"你已经看过我的诗了,什么时候也该让我欣赏一下你自己写的歌了吧?"

你从来都没有给任何人看过你写的歌,无论何时,也不管是因为什么,你都不会给别人看的,从不,并且以后也不会。不过,你相信詹森,而且你也很好奇詹森会怎么评价你的歌,不过,即便是这样,你还是觉得把自己的歌给别人看是件非常恐怖的事情,尤其是给詹森看。

可是,如果你真的给他看一首,又将会怎样呢?你不知道。

这个月,你刚写了两首抒情歌,其中有一首是你的得意之作,但是它是用来配一首欢快的旋律的,甚至可能还会显得有点吵闹,你把它用来当你起床的闹钟。如果给詹森看这首,你担心他会觉得你很傻。另一首是情歌,是你最近才完成的。这首歌充满激情、活力四射,你本想给他看这首,但是你还记得白天杰里米说的话,他说詹森喜欢那种"柔情又浪漫"的,你要是想让他喜欢你的作品的话,最好别给他看这个。

看你在发愣,詹森催道:"啊哟,有什么好担心的? 你今晚给我,我回去就读,明天中午我们一起吃午饭,到时候我再跟你谈我的感觉。这样可以了吧? 而且,我有种预感,我肯定会喜欢你的歌的。"

你的确很想明天中午和他一起吃午饭——但这根本就不能成为让你坦然地把你的歌给他看的理由,对你来说,要完全地把自己最真实最隐蔽的一面暴露出来是件很难的事,尤其是要在詹森面前。不过,另一方面,你又觉得有一股力量在使劲往前推你,让你认为詹森应该更多地了解你,这样,他才会因为欣赏你而更加喜欢你,就像你喜欢他那样。

你很矛盾,你不知道自己该怎么做,你唯一知道的,就是不想把事情搞砸。

→ 如果你给詹森看你那首激情四射的情歌,请翻到 123 页

→ 如果你想给詹森看那首有些吵闹的、被你用来当闹钟的歌,请翻到 112 页

→ 如果你决定还是不要给他看为好,但还是答应了明天中午一起吃午饭的话,请翻到 87 页

No.36

你决定弄清到底是怎么一回事。是的,他们看起来是一模一样,但是他们一定也有不一样的地方,你一定能够发现些什么的。

你想到了!

你突然灵机一动,想到了一样东西。之前你因为被杰里米深深吸引,沉醉在甜蜜中,所以没有注意。那就是吻,刚才你确实没有留意,但现在你简直恨自己为什么刚才竟然没有发现。是他身上的气味!那股气味就像是一块几乎放了一年的长满霉点的奶酪,而且还混上了三文鱼的腥味,简直糟透了。

而且你知道这味道是杰里米身上的。

是的,男生总是出很多汗。尤其是在一个男生刚上完了一节不停地打打踢踢的跆拳道课,还表演了空手劈木后。这气味没什么大不了的,不是吗?但是,你清楚地记得刚才训练结束的时候杰里米身上还散发出香味的,你不会弄错的。那么只有一个解释：他不是杰里米！他是那个浑身汗味的詹森。

但是你又迷惑了，你现在不知道自己该怎么做。

→ 如果你直接告诉詹森你已经知道了，请翻到 230 页

→ 如果你决定去找杰里米，请翻到 171 页

No.37

只有一个办法来解开你的疑问,你深呼吸了一口,决定直接问杰里米。

"杰里米,为什么我从来没有同时见过你和詹森呢?"你虽然不确定自己这样做是不是明智,但至少你不想自己被人当作傻瓜来愚弄。即便你的怀疑是错的,但起码你不会再被这个问题困扰。

"你在说什么啊?"

你坚定地说:"我只是感到奇怪,为什么你和詹森从来没有一起出现过,你现在方便回答我的,不是吗?"

"方便?"他一皱眉头说,"你是什么意思?"

你还没有想好怎么回答,一个胖胖的中年妇女叫嚷着朝你们走过来:"小家伙,你都去哪儿了? 我都担心死了。"

那一定就是杰里米的妈妈,但你不知道为什么她对杰里米像对个五岁的孩子,杰里米也不小了。不过,那无关紧要,重要的是她来得正是时候——因为她一定可以解开你的疑问。

不过她似乎还没有注意到你。她正忙着对杰里米唠叨个不停。

"你这个小淘气,刚才都做了些什么?有没有遇到什么麻烦?我得马上带你回去了。"她试图抱住杰里米,但他总是挣脱她跑开。你想,要是你有个这么调皮的儿子,你一定也会非常头疼。

"对不起,呃——"你不知道怎么才能插上话。

这个女人这才回过头来看你,她有些吃惊地问:"你是谁?"

你等着杰里米向他妈妈介绍你,但他却一句话不说,紧咬着双唇,低头看着自己的鞋子,似乎他犯下了什么大错。他的表现很不正常。

"杰瑞德,你知道你不该随便和陌生人说话的。"

杰瑞德?杰瑞德是谁?

"你为什么叫他杰瑞德?"你很诧异。

"为什么不?杰瑞德就是他的名字啊!"

这时,杰里米才开口,"不是的,"他叫起来。"我是杰里米,你知道的,我是杰里米,我是开朗随性的杰里米,我刚从夏威夷度假回来。"

"好的好的,宝贝,"那女人轻轻地拍了拍杰里米的头,对你说,"你知道,有时候有些人会生活在想象中。"她主动与你握了握手，说："我是杰瑞德的护士——我每次都很担心他这样独自跑出来会惹麻烦。是不是，杰瑞德？"她用孩子气的口吻说着，又爱怜地挠了挠杰里米的头发。你发现这时的杰里米露出一副非常幼稚的表情。

"他总说他的名字叫杰里米——"

"其实根本就没有什么杰里米，"她有些伤感，"我想，杰里米只是他自己虚构出来的一个人罢了。"

你似乎也感觉到了什么，但你却越发迷惑："那，那詹森又是谁呢？还是他叫上杰里米和我们一起玩的。"

护士笑起来，一把抓住想逃跑的杰里米。她说："噢，宝贝，根本就没有什么詹森，这些全都是他想象出来的。"

你不相信。你简直不敢相信，这时，杰里米过来抓住你的手说："怎么了？你怎么看起来这么沮丧，难道是我'消失'了的弟弟冒犯了你吗？他总是这样，别介意，你知道的，他脑筋有点问题。"

"杰里米？"你不敢相信眼前的杰里米是这样一个人。你突然有些害怕地抽出你的手，"呃，杰瑞德——"

杰里米闭上眼睛自言自语："詹森，你就不能先离开一会儿吗？人们都分不清我们俩谁是谁了，他只是……"他转过去，有些悲哀地看着护士。

"宝贝，没关系。"她慈爱地说，杰瑞德这才欣慰地笑了，似乎只有护士才能明白他。

护士对你说:"就由他去吧,你知道,他就是这样的。"

你点点头,似乎你知道这是怎么回事,似乎你已经对此习以为常了。

"你愿意跟我们一起回家坐坐吗?"护士礼貌地问,"我想杰瑞德他需要朋友,"她心疼地看着杰瑞德说,"一个真正的朋友,对吗,杰瑞德?"

他一句话也没有说,只是绷着个脸。

"我也很想去,"你拼命地想找个什么借口来回绝掉,"但是,我已经……我得去……"可是你根本一个借口都想不出来,你就是这样,思维迟钝的时候你就会变得心直口快,"我得走了。"想了半天,你最后只说了这么一句。

当然,这也是你跟詹森或者杰里米或者杰瑞德永远说再见的时候了。詹森和杰里米竟然最终变成了一个人。不过,这起码验证了你的怀疑。

☺ 结束。

No.38

你终于如愿和杰里米单独相处了。你们手牵手漫步在郁郁葱葱的森林里,走过独木桥,走过灌木丛,阳光从树林中透过来,把你的心情也照得明亮起来,这就是你曾幻想过几百次的单独约会,美妙的单独约会。一路上,你们无话不谈,从你喜欢的品牌到他崇拜的足球运动员,不知不觉中就走了一个多小时了,这让你觉得自己真的会适应户外运动。

突然,你听到灌木丛中响起一阵沙沙的声音。

"嗨,你听到没,刚才是什么声音?"你不禁有点紧张,走在这样的森林里,谁也说不准会不会遇到什么猛兽。"也许是只小鹿?"你试着安慰自己。

"应该不会。"杰里米轻声地说,他看起来也有些紧张。你意识到情况似乎有些不妙,因为几乎没有什么事会让这个家伙害怕的。

沙沙声还在响,难道,难道是你们踩到树叶的声音? 你满腹疑虑地继续往前走,到底是什么声音呢? 如果真是什么野兽,你这样走下去会不会暴露自己?

这么想着,你不敢再走下去了,于是停住脚步。

"这到底是什么声音? 会是野兽吗?"你开始冒冷汗。

杰里米耸耸肩。"说不定是狮子,也难说是蛇什么的。"

"你明知道这地方有野兽还带我来?!"

灌木丛中的响声越来越大了,杰里米伸手捂住你的嘴,"嘘!"他悄声说,"不要让它听到我们。"

你不由得靠紧他——你害怕极了。"你说那是什么动物?"你紧紧地跟在他身后,"真的是头狮子吗?"

他摇摇头。

"是蛇?"想到是蛇更让你觉得毛骨悚然。

他还是摇头。

"那到底是什么?"

"我不想吓到你,但你保证听到后不要叫出声来,"他紧张地说,"到时候我会给你个手势,你看到我的手势就赶快跑,千万不要回头,拼命跑就是了。"

"跑? 跑去哪里? 快告诉我到底是什么?"你的心跳得越发快了。

"相信我,只管跑就是了。"

"但你得先告诉我到底是什么在后面——"

"一头熊!"他的声音听起来都有些颤抖,但说完后,他马上大叫了一声:"快跑!"

跑!你拔腿就跑,根本没往后看,甚至根本就没想什么,只是一个劲地往前跑,就像条件反射一样。你脑子里只有一个声音,那就是杰里米说,那是一头熊。你们俩疯狂地往前跑,杰里米边跑边叫着:"别回头!快跑!"不一会儿杰里米就跑到你前面去了,他使劲叫:"快跑,快跑,别落下,快跟上我!"

你简直不敢相信自己竟然被一头熊追!但除了拼命地跑,你不知道自己还能做什么。你非常害怕,如果跑慢了被追上,自己就会沦为那头熊的美餐。你们拼命地跑了很远,直到一条很宽的小溪横在你们面前。你停下来,累得喘不过气来,没有路了,你不知道那头熊有没有追来。可杰里米却想都不想地冲进小溪里,"快来啊!"他叫道,"这是唯一的路了!"

"我们跳到水里,熊就追踪不到我们的气味了。"

"必须要这样吗?"你真不想跳进这冰凉的水里。

"这是唯一的选择!"杰里米语气坚定地又重复了一遍,他把手伸向你。你犹豫地把手给了他,他一把把你拖进水里,冰凉的溪水很快就浸湿了你的鞋子和裤子。

你们俩就这么站在水里,冻得瑟瑟发抖。你惊魂未定地看着河对岸,祈祷着千万不要有一只又高又大的黑熊追上来。几分钟过去了,什么也没有,你才稍微松了口气,小声地对杰里米说,它没追上来。

"你觉得我们真的逃脱了吗?"你把脸上被打潮湿的头发捋到耳后。

他点点头:"我想我们安全了。"

你这才感觉到有些腿软,一下子瘫下来,浑身浸在冰凉的水里,但你根本就不在意了,你逃脱了!你安全了!你成功地把一头熊给甩掉了,还有什么比这个还令人高兴的事呢?此时的你觉得天也更亮了花也更香了你的思维也更清晰了——"刚才真是太惊险了!"你说,你深深地吐出一口气。"我们甩掉了一头熊,真是难以置信。"

杰里米深深地看了你一眼,你知道,他也看出来了,没错,你正沉浸在战胜一头熊的巨大成就感中,这是你长这么大头一次觉得这么有成就感呢。他突然大笑起来。"你真应该看看你现在的表情!"

"你说什么?我?我的表情怎么了?"

他笑得都直不起腰了:"根本就没有什么熊,"他站起来在你的脸颊上吻了一下,"我只是想吓吓你才装得这么像的。其实都是假的。"

"你在拿我开玩笑?"你真不敢相信自己被愚弄了,一头大黑熊?!真是个无聊透顶、幼稚透顶的玩笑。"看着我!"你被激怒了。你从刺骨的水中走出来,试图拧干自己已经湿透的衣服。

"你疯了吗?"

"哎哟,算了嘛,你刚才不是说很惊险吗?"杰里米说,"你刚才不也觉得这就是一场真的历险吗? 这只是个玩笑嘛,别那么介意啦。"

玩笑? 只是个玩笑? 告诉别人有只熊在后面追他让他赶快跑否则就会被吃掉是件很好玩的事吗? 可是,你不得不承认刚才的惊心动魄,那是千真万确的,你们在树林里听到沙沙的声音、开始莫名地紧张,杰里米告诉你是一头熊,你们飞快地跑,你满脑子的恐惧……可是现在有个人告诉你这些都是假的,根本就没有什么熊。你觉得大脑一片混乱——但不论你有多混乱,你都得做个选择,你能忍受杰里米这样的恶作剧吗? 你是打算就此打住还是继续和杰里米同行、准备冒下一个险?

→ 如果你并不介意,反而觉得杰里米的恶作剧很有意思,请翻到 102 页

→ 如果你又冷又湿,觉得疲惫和愤怒,只想回家,请翻到 179 页

No.39

"特里,你实在是太棒了!"在后台,你一看到特雷弗就上前热情地拥抱他,"我真没想到你歌唱得这么好!"他把你推开了一点点,好像想面对着你说点什么。但这让你们的脸凑得更近了。特雷弗什么都没说,只是看着你,你不知道他是想把你推开呢还是想吻你。

但就在这时,特雷弗的妈妈进来了,她似乎完全把你当成了空气,径直走过来就从你身边"抢"走了她的儿子,激动地把特雷弗拥在怀里。

"哦,我的小甜心,你太棒了!"她激动地扶着特雷弗的肩摇了几下,"我的小明星真是让我太骄傲了。"这时,特雷弗的爸爸,一个瘦瘦的男人也走了进来,"我们的特雷弗果然不负众望,哈?"

特雷弗的爸爸以男人们的方式和特雷弗握握手:"好样的,儿子。"

大多数像你们这么大的孩子,如果当着同学的面被爸爸妈妈这么对待一般都会觉得难为情。就连你看着他们这样都会有点不好意思。但特雷弗看起来丝毫不觉得害羞,倒显得非常高兴。好像他就喜欢父母在身边的这种感觉。当然,他这样你并不吃惊——毕竟,特雷弗是个连周末都会呆在家里和爸爸妈妈一起看电视的家伙,而且你也一直因为他很乖这一点而喜欢他。他非常朴实,绝不会像其他男孩一样刻意地装出一副很酷的样子——他是什么样就会表现成什么样。

"你刚才难道一点都不紧张吗?"你问特雷弗,你不想自己站在这里被遗忘掉,你希望特雷弗从他爸妈那儿分一点点目光给你。

"当然不了,他一点都不紧张!"特雷弗的妈妈马上抢过话来说,"我儿子是个天才——天才怎么可能会紧张呢?"

"妈,别那样说,我可不是什么天才。"特雷弗有些不好意思了,不过你看得出来,特雷弗其实很高兴他妈妈这样说。他一开始的愿望现在实现了:他的爸妈最终明白了吉他对他的意义,而且他们也为此感到骄傲。

你知道这一刻特雷弗有多幸福,你不想打搅他——但是你需要和他单独谈谈。你现在不知道你和特雷弗之间到底是怎么回事,是继续做好朋友还是其他什么,但你再也忍不住了,你想弄清楚——你喜欢他吗?他是不是也喜欢你?接下来你们该怎么做?如果不把这个问题弄清楚,你不知道自己的感情会在什么时候爆发。

"你想出去吃点什么吗?"你小声地问他,希望不要被他妈妈听见,"就我们俩?"

事实上,你的声音还不够小,他妈妈已经听见了。

"我们要带特雷弗出去好好庆祝一下,不是吗?"他妈妈看着特雷弗的爸爸说,似乎在等着他爸爸说是。但特雷弗的爸爸一句话也没说,只是耸耸肩。他妈妈又说,"一定要庆祝一下的!不过,我们欢迎你跟我们一起去。"

和特雷弗的爸妈一起去吃一顿大餐?你不知道自己能不能应付得了。你看了看特雷弗,他只是笑笑,然后耸耸肩,跟他爸爸一样。

你想,也许你应该和他们家人一起去的,至少这让你有时间多想一想到底该对特雷弗说些什么,或者什么时候说。不过,要自己再好好想想的时间也多的是,不和他们一起去,你一个人倒是有大把的时间静下来仔细想这些问题。

"要不要跟我们一起去?"特雷弗问你,接着就被他妈妈拉着出去了。

→ 如果你想在特雷弗和他爸妈一起离开之前单独跟他说几句话,请翻到187页

→ 如果你打算和他们一家人去吃饭,请翻到236页

No.40

今晚人们会怎么看你并不重要,重要的是你做到了——你有了面对自己恐惧的勇气。而这全是因为詹森,是他给你的这种勇气。现在是时候告诉他这些了,虽然要把自己内心最深处的想法说出来还是让你有些紧张,但比起你今晚在台上所经历的,这点紧张又算什么呢?

"詹森,我有些话想跟你说。"

"什么?"他小心地问道,并把你带到了咖啡馆里更安静的一个角落。

事实上,你还有点没想好该怎么开始,不过,你既然决定对他说心里话,那就怎么想就怎么说吧。"我昨天与你在一起确实玩得非常开心,我觉得你是一个很棒的男孩。但是今天,当你把我拉上台去的时候——"

"噢,我很抱歉自己那样做,"詹森打断你,"但我不是故意想让你难堪的——"

"不,别那样说,我不是那个意思,"你辩解道,"其实,我很高兴你那样做。在台上发生了什么并不重要,重要的是你知道我需要那样做,你让我真正经历了一次自己的恐惧和失败,而且让我有勇气去面对这些。我才意识到,你不只是个很棒的男孩,对我来说,你还是一个奇迹。"

"什么?"詹森听你这么说,脸上微微泛起点红晕。"呃,我,我没想到你会这么说。"

你抓起他的手紧紧握着,希望自己这样做不会让他觉得你太过主动。但是你无法控制自己,你的情绪已经酝酿起来了,你必须得对他说些什么。"詹森,我还从来没有见过像你这样的男孩,虽然我们仅仅才认识两天,但是我却觉得自己和你的联系已经很深了。似乎除了你,没有人能这么了解我了。我想……我,我想我已经爱上你了。"

他愣住了,一句话也没说。你开始怀疑是不是自己吓到他了?你知道有时候男孩在面对女孩的表白时往往会变得拘谨。你不知道詹森是不是这样的人。但这时,詹森把你的手放到嘴边温柔地吻起来。你意外得呼吸都快停止了。

"我也从来没有见过你这样的女孩子,"詹森有些激动地说,并一把把你揽入怀里,"就好像我心里原本平静的大海,在遇到你后,开始澎湃、泛滥。"

你觉得,他不愧是个诗人,说起话来都像在写诗一样。

"我的内心开始燃烧起来了，"他继续用这种听起来有些奇怪的话说，"从我遇到你后，我的内心就燃烧起来了，你的样子深深地铭刻在我的心中。"

以前还从来没有谁会这样对你说话的，这让你不知道自己该如何回应。

"我渴望知道你的所有，我渴望每分每秒都与你一起度过，我渴望你永远在我身边，我要与你一起探索这个世界，我要为了你写下美丽的诗篇，我会为了你做一切，我，……我想说，我爱你。"

他说完后，给了你一个紧紧的拥抱。这几乎是你遇到过的最浪漫的事了。詹森刚才说的话似乎还在你耳边回荡。在他怀里，你觉得幸福极了，你感觉你们天生就是一对。

但是，你仍然不太确定自己是不是该毫无顾虑地体会这种幸福感……或者说是毫无顾虑地就这样陷进去。他喜欢你是一回事——但你们才认识两天，他就这样子在你面前发誓他爱你不禁让你觉得有些心虚，而且他的表达方式似乎有点——有点让人害怕。你的确想和詹森相处，但这并不意味着你会去扮演他的朱丽叶。

→ 如果你想顺着他的情绪，想看看这样下去会发生些什么，请翻到 239 页

→ 如果你觉得詹森的这种表达方式很难以理解，而想开个玩笑来稀释一下你们之间的这种古怪得让人有点窒息的气氛，请翻到 26 页

No.41

你抽身离开的时候,詹森说:"嗨,怎么了? 怎么这么快就要走? 也不吻别一下吗?"他试图抓住你的手。但你让开了,没让他碰到你。你并不是因为他身上难闻的气味才离开的,而是因为他对你撒了谎。而且,当他用那双深邃的眼睛注视你的时候,当他试图抓住你的时候,你知道他都是装的。这样不诚实的一个男孩,即便是再帅再有风度,你都是不会喜欢的。你现在要做的事情就是去找杰里米,去找真正的杰里米。

"很抱歉,"你说,其实你根本就没什么好抱歉的。"我还有其他更重要的事情。"你甚至都懒得跟他解释什么。何必浪费精力呢? 你现在多浪费一分钟来指责詹森,就会少一分钟和杰里米在一起,你觉得为这样的人不值得。

可是,杰里米现在会在哪儿呢?

你回到会馆的训练大厅里,可是大厅里已经没有人了。你四处看了看,没有杰里米的踪影。你突然想起一个地方——停

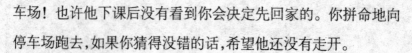

车场!也许他下课后没有看到你会决定先回家的。你拼命地向停车场跑去,如果你猜得没错的话,希望他还没有走开。

果然,你猜得没错。

只不过你晚了一步。

你看到杰里米正斜靠在车上,双手搭在银晃晃的车身上。他正面朝着你的方向,不过他看的并不是你,而是——帕特丽夏。

是那个长腿的金发女孩,你满心欢喜地找到杰里米,看到的却是那个金发女孩上前搂住他的脖子,对着他咯咯地笑。你失落地看着这个身材近乎完美的、光鲜靓丽的女孩子,内心生出一股挫败感来,还有什么必要让自己去当个傻瓜呢?也许这才是杰里米喜欢的女孩子……而且,你也不愿去想杰里米是不是已经看见你了。你决定离开。

但是还没等你转身离开,帕特丽夏却突然转过头来,而且她看见了你。也就是那时,让你意想不到的是她竟然朝着你笑,还挥手和你打招呼。更让你纳闷的是,她还示意让你过去。你吃惊得一动不动地站在那里,不知道该怎么办才好。

"嗨,"杰里米一副什么都没发生似的样子说。你简直难以相信,和帕特丽夏亲热被你撞见,他竟然一点都不觉得尴尬。而且,他还装作很无辜的样子说,"怎么回事?"

"怎么了?怎么了?"尽管一秒钟前你还失落地想离开,但现在看着他的这副表情,你改变主意了,你要留下来看个究竟,他这副自鸣得意、爱理不理的样子让你气不打一处来。他竟然敢这样对你？难道他就没有感到一丝抱歉吗？你终于发作了:"怎么回事？你把我约到这儿来和你一起上课,下课后却突然消失是怎么回事？你扔下我和你弟弟在那儿是怎么回事？我现在在这里找到你,而且你还和她在一起又是怎么回事？"

"我和他在这儿怎么着你了吗？"帕特丽夏被你的这番话激怒了。她转头问杰里米:"她在说什么？今天是你约她过来的吗？"

"当然不是我!"杰里米马上跳起来解释道,似乎很吃惊为什么帕特丽夏居然这样问他。你冷眼看着他故作正经地在你面前演戏。

"你的确是和你弟弟一样啊,两个人都是好演员,"你讽刺道,"当然,我想你应该明白我的意思,你们俩都很善于说谎啊。"

"呃,我想你一定是误会什么了——"

但还没等他话说完,你就打断了他。"不,我虽然有点吃惊,但我非常清醒,我知道自己在说什么,"你瞟了一眼帕特丽夏,说,"我全都知道了。"

"知道什么？有什么事情是我不知道的吗？"帕特丽夏疑惑地说,"你有什么事情瞒着我吗,詹森？"

"詹森？"

噢,我的天!

这名字让你打了个激灵。

"你听到了吗？詹森，我是詹森。"你眼前的这个"杰里米"说话了。

然后他转头对帕特丽夏说："别乱想，宝贝。她只是把我当成杰里米了。"

你顿时语塞，一句话都说不出来。不过这样也好，詹森看起来根本就没什么心思再跟你解释或纠缠些什么，他转身为帕特丽夏打开车门，而帕特丽夏对你无奈地挤出一个笑容后也上车了。你看得出，她的笑容似乎是在为你感到悲哀，或者她是在同情你。不过詹森却很冷漠，连看都没看你一眼就上车了，然后开着车子扬长而去，只剩下你独自一人不知所措地站在那里。

好了，现在可怎么办呢？你没脸再去找杰里米了——他可能正在为你刚才莫名其妙地突然离去而生气。而且，生气还是小事，你知道，他很快就会知道你刚才的糗事了，詹森一定会告诉他你刚才说了些什么的。

那怎么办呢？你心里一团乱麻。就在昨天，这两个男孩都还在对你拼命示好，可现在，还不到 24 小时，就变成了你在想办法挽留他们了。你只好安慰自己，如果你希望从此一个人清静地过的话，这倒是个好开始。

☺ 结束。

No.42

　　"我知道你是个好男孩，"你试着尽量不伤害到詹森。说实话，这样拒绝一个男孩你并不在行。"但我只是想对你坦诚一些，你知道，一开始我们之间相处得很愉快，一切都很好，但现在我觉得……也许我们只适合做普通朋友。"

　　詹森看起来有些慌张，也许，他比你想象中的还在乎你。你觉得有一丝内疚，但不管怎样，你仍然坚持自己做的是对的。

　　"等等，"他试图辩解什么，"你并不明白——"

　　"我觉得已经不一样了，"你知道自己这样说有些残忍，但这确实让你感觉到有些痛快，"我说了，我希望我们只是做朋友——"

　　"我不是詹森！"他叫起来。

　　呃……他说什么？

　　"你是杰里米？"

　　你看见眼前这个不知道到底是詹森还是杰里米的男孩脸上

露出一丝紧张，"是的，是我，杰里米。"

"你们在拿我开玩笑吗？"你愤怒地站起来，差点在餐厅里发作。他们竟然这样愚弄你！这真是个见鬼的玩笑！

杰里米意识到你很愤怒，小心地劝道："你先坐下。"他甚至用乞求的语气说："求你了，你先听我解释，你听我解释完了如果你想走的话，我不拦你，但求你先听我把话说完。"

你答应了，因为你也很想知道他们为什么要骗你。你坐下来，说："说吧，到底怎么回事？詹森呢？"

杰里米一直没敢看你的眼睛："如果他知道我对你说了真相一定会杀了我的，但——他其实现在在家，他的额头上长了一个疮痘，非常大，他不好意思来见你，于是就让我冒名顶替了。"

你觉得这个借口简直莫名其妙，非常可笑，詹森怎么就突然长了个大疮痘不敢来见你了？"那为什么刚才他还打电话约我还说在哪哪哪吃饭？"

"因为他怕自己取消约会会让你误会他对你的歌词不感兴趣，而且他也不想让你知道到底发生了什么。我已经劝了他无数遍了，他这样想很愚蠢，但是……你知道詹森的，他是个……敏感的家伙。而且，我们以前也曾相互交换过角色，每次都奏效，没有人会发现——"

"我也很愚蠢，竟然一开始没有发现。"

"不是的!"杰里米解释道。"我们并不常那样做,而且每次都没有像现在这么复杂过。而且,我承认……"

他话没说完就停住了,看起来非常尴尬的样子。你问:"承认什么?"

"我,而且我也很想再见到你——其实我是因为这个才答应顶替詹森的。"

你知道其实你应该生气的。毕竟,他们不该这样愚弄你,他们似乎在把你当傻瓜。但是另一方面,他们这么做只是因为他们俩都喜欢你。詹森其实根本没有必要为了长个疮痘就刻意回避你的,你不知道他为什么会这样,难道在他心目中你只是一个注重外表的女孩吗?你想,也许你应该去找他,当面告诉他你的想法。

杰里米正用期待的眼神看着你,他那种无辜的表情让你根本生不起气来。这让你想起了在狂欢节上你第一次见到他时的情景,你当时抬头看到他的第一眼就被迷住了。那只是几天前的事情吗?你似乎觉得那已经过去很久了,你不敢相信短短几天自己的感觉会变化得如此之快。但至少还有一样东西没有变:那就是杰里米依然那样热情。你不得不承认,此时你内心有一个声音在说,难道你不想看看,如果你选择了杰里米结局会怎样吗?

你想,也许这是命中注定的,是老天有意再给你一次选择的机会,毕竟,有哪个弟弟会让自己的哥哥去代替他约会呢?

→ 如果你对杰里米说你根本就不在乎詹森脸上长个痘痘,并且你要去见詹森,真正的詹森,请翻到 140 页

→ 如果你决定忘掉詹森,而继续你和杰里米的约会,请翻到 11 页

No.43

"你真的觉得这样很有意思吗?"

"我以为你会喜欢的。"杰里米居然还摆出一副很无辜的样子。

"喜欢? 喜欢? 你认为我会喜欢这样?"你被这家伙气到抓狂,忍不住来回地走,可每走一步,你鞋子里的水就"扑哧"地响一声,这声音更加让你怒火中烧:"我来这里就是为了要变成一只落汤鸡? 我来这里就是为了穿着我最心爱的鞋子来泡水? 你现在是不是觉得我像一只刚从下水道里钻出来的老鼠?"

杰里米似乎根本没想到你会生这么大的气,他对你讨饶地笑了笑,也不知道说什么好,就试探着说了句:"是的。"看起来就像是个小孩子在回答一个很难的数学题。

"不!"你对这个家伙再也忍无可忍了,他别指望装出一副天真幼稚的样子就可以得到你的原谅。

"我走了。"你丢下这句话后便大步往回走,现在你只想赶快回家,换一身干净暖和的衣服。

"那我什么时候还会再见到你呢?"杰里米在你身后问道。

你连头都没回。但你还是忍不住回了他一句:"等你长大的那天吧!"说完这句话,你知道可以为自己庆幸了,你们之间彻底完了。

☺ 结束。

No.44

你选择沉默是明智的,因为不一会儿,詹森就过来找你们了。他们还互相拍拍对方的背以示亲密,你的怀疑是错的,这就是最好的证明。他们就是一对双胞胎,一对千真万确的双胞胎……毋庸置疑。你自觉有些尴尬,不过,至少这让你刚才心里的石头落地了。

"可算是找到你们俩了,"詹森似乎是一路跑来的,还有些上气不接下气,"我找了你们一路,你们一定想不到我在路上看到了什么吧?"

"什么?"你和杰里米异口同声地问。

詹森摇摇头神秘地一笑。这时,你想,既然现在这两个男孩都在你面前了,那么仔细辨别一下他们的不同,选择自己喜欢的应该变得容易了吧——但事实恰恰相反,你看到的似乎都是他们俩相同的地方。

而且,很明显,詹森也有快乐开朗的一面:"我现在还不能告诉你们,因为光靠我说,你们一定不会相信的,跟我来吧,我带你们亲自去看。"你似乎看到一个完整的詹森正在你面前清晰起来,他并不完全是你所以为的严肃和古板。

你和杰里米交换了个眼神,然后跟着詹森走去,前面就是秋千。"我想她现在应该还在。"詹森自己嘟囔着。

她?你突然有些小小的醋意——难道詹森已经有心仪的女孩子了?如果是真的,那他干吗还要带你去看她?

"看!"詹森突然大叫起来,指着前方的一个女孩,看样子是一个年龄跟你差不多的女孩,你的第一印象就是她浓密的棕色头发。你下意识地摸了摸自己仅仅齐下巴的短发,不由得羡慕起来,那是你最向往的样子,长发飘飘,顺滑又迷人,但你从来没有耐心把头发留长。然后,你注意到她的裙子,一条很漂亮的红色坎肩连衣裙,你觉得要是你穿,一定会更合适。

最后,你注意到她的脸。

她的脸,当你看到她的脸时,你被惊得目瞪口呆,什么话都说不出来,似乎被人用木棍袭击了头一样,那一瞬间,你只觉得大脑一片空白。

因为那完全就是你自己!

当你回过神来的时候,那个女孩刚好转头看到了你——从她的表情上,你看得出她也被你吓了一跳。

你觉得自己应该上前去对那个女孩说点什么,但你似乎已经震惊得无法动弹,只觉得有些眩晕,整个世界似乎都在你眼前旋转,但你确确实实是看见了一个女孩,一个跟你一模一样的女孩就站在那儿。

你双腿一软,眼前一黑,晕倒了。

→ 请翻到 214 页

No.45

"我一直以为你是个很特别的女孩,"詹森发作了,他怒视着你,说。"我好不容易才在这儿找到你,可我竟看到你……"你知道詹森很生气,他甚至连看到了什么都说不出口。然而不只这些,你看见他正恶狠狠地盯着你,可是一句话也没说。你没想到那个侃侃而谈的詹森现在会连自己的想法都无法表达。他一定是太生气了。

"嗨,伙计,冷静点,"杰里米走到詹森跟前,说,"她只是——"

"不需要你来告诉我她做了什么,"詹森粗鲁地打断他,"我不想听你说她的任何事,她是我的。"

杰里米似乎也被激怒了,喘着粗气:"这个女孩,她是属于我的!"

"嗨?"你反感地看着眼前的这两个男孩,这两个粗鲁荒唐的家伙是从哪儿冒出来的?"我不属于任何人。"

但他们根本就没工夫理你。

"你是看不惯我过得开心些,是吗?"詹森咆哮着,"看见我开心你就受不了了?"

　　"你说什么呢!"杰里米说着抡起拳头,"我当然希望你开心,我只是看不惯你整天怨声载道的样子。你好好看看你自己吧,你认为你那些令人沮丧的诗会让你显得很酷吗? 那只会让你看起来很傻。"

　　"至少我不会像有些人一样没修养!"

　　"可我至少不是个失败者!"

　　"你什么意思?"

　　你都没看清是谁先动手的,只是觉得才几秒钟的时间他们就扭成一团,两个家伙都动了狠,都翻在沙地上了还是一个都不放手。一会儿詹森骑在杰里米身上朝他的肚子上一阵猛打,一会儿杰里米又把詹森掀翻在地使劲踢他的背——你被吓坏了。

　　在电影里,两个男孩为了同一个女孩大打出手总是最浪漫的一幕,但如果真发生在现实中,你敢说没有比这更糟的了。看看他们又吼又叫失去理智的样子,更别说他们还是亲兄弟了。简直就像两头动物。他们以为你就是他们的占有物吗? 真是可悲。

　　就在经历了这一幕后,你已经确定这两个男孩不值得你再为他们浪费时间了。你厌恶地看了他们一眼后走开了,你并不觉得抱歉。

当然,你承认你和詹森、和杰里米都有过愉快的时候——但好男孩多了,你希望自己遇到的是那种不幼稚的、没有占有欲的、不暴力的男孩。

"看看现在到底谁是失败者?"詹森嘀咕了一句,然后顺势抄起一把沙子朝他哥哥扔去。

"你们俩都是。"你用充满厌恶的语气最后丢给他们一句话,然后径自离去了。

他们似乎都还没有意识到你是彻底跟他们玩完了。

☺ 结束。

No.46

"什么事?"你说服了特雷弗给你几分钟,你有话要单独跟他说。"我爸妈还在等我的——"

"特里,我真的有些话要跟你说。"但你还是迟疑了一下,当面对他说这些比你想象的要难得多。以前,在特雷弗面前你是最容易做到坦诚的,但现在你觉得似乎很困难。

特雷弗穿着他的那件旧毛衣,你喜欢他的穿衣风格,他的穿着都很随意,而且他总有些衣服是你平时从没听说过的牌子,有时候还会有些很有个性的话印在上面。他的风格很反潮流——比如色彩搭配奇怪的衣服,打着补丁或者满是小洞洞的裤子,款式奇特的运动鞋,都不知道他这些衣服平时是在哪儿淘到的。不过,在你眼里,他无论穿什么你都觉得好。因为,他就是特雷弗,你喜欢的特雷弗。

"在上次的狂欢节上,我感觉到有些东西不对劲。"你试着说出来,希望从这里开始说会更容易切入话题。

他的脸一下子红了起来。"呃,是,我也感觉到了。事实上,那天见到那两个双胞胎男孩后,我也觉得自己有些奇怪。我想我可能是……"

"妒忌?"你真想听到特雷弗承认他那天是有点吃醋。真的吗? 他真的在同一时间和你有一样的感觉? 你们真的这么心有灵犀?

他点点头。"很奇怪,我回来后想了很长时间后觉得,我不想让一些事情影响到我们之间的相处,所以,我想我也有些话要对你说……"他深呼吸了一口,接着说,"我只是——我不知道该怎么说。"

你紧张地期待着他说出那句话来,但看他难以启齿的样子,你决定帮帮他。毕竟,没有必要因为他是男孩子就一定要他先开口。"不只是你,特里,我也有一样的感觉——我知道,我们的感觉都没错。"接着,你收起所有的紧张,鼓足勇气走上前去抱住他,开始深情地吻他,就像电影里演的那样。

而且你觉得这确实像电影里那样,美好,浪漫,奇妙,就好像你是一个好莱坞电影里的女主角,最终有了一个美满的结局——

但你的美梦很快就结束了,特雷弗一把把你推开。

你突然间懵了,这不是电影里的情节。

"哇噢——你在做什么?"特雷弗吃惊地叫起来,他往后退了一步,而且是一大步。

"我以为……你刚才说你妒忌，然后……"

"我刚才想说的是那天我因为打不中奶瓶而把气撒在那对双胞胎身上，甚至还妒忌杰里米打得很好，过后我觉得自己那样显得很幼稚。"他说话时都没敢看你的眼睛。"我觉得，呃，我们只是朋友。"然后，他走到你面前，拉起你的手。"我很抱歉——你可能误会了。"

"不，不。当然没什么，我没想什么，"你笑着想回避，"我只是以为你想……"你摇摇头，拼命忍住眼泪。"不过不管怎样，没关系。"

"我真的很抱歉，但我确实不是那个意思。"

你挣脱他的手，你不需要什么同情。"没关系，"你撒谎说，"我也是这么想的，我们只是朋友，嗯，挺好的，我得走了。"你转过身去离开，免得被他看见你不争气的眼泪。但是，他不是别人，他是特雷弗，他太了解你了，不用看你的脸不用你说他就知道你的心一定碎了。

"你依然还是我的好朋友。"他在后面大声说道，你已经眼泪横流，什么都不顾地往前跑。在你的身后，特雷弗大声地喊："永远不会变，你一辈子都是我的好朋友！"

但是他错了——你们之间已经改变了。那天以后，你和特雷弗之间再也回不到以前的样子了。你每次看到他时，都会想起那天他语调中的那种同情，想起他眼神里流露出来的抱歉。

你不会忘记那天的痛苦——而且你知道你仍将一直痛苦下去，因为你不得不承认，你仍然爱着特雷弗。

可是，要回避他也令你同样痛苦。只是最终，你们俩还是渐渐地疏远了。你开始把大多数时间都用来和伊莱恩和维多利亚她们待在一起，当然，还包括她们的新朋友，杰里米和詹森。

不过，你还是渐渐地习惯了。

习惯了常常夹在他们中间当电灯泡。

习惯了自己常常是被忽略的那个。

习惯了和特雷弗变得行同陌路。

甚至，你还习惯了整个周末都呆在家里和爸妈一起看电视。

但是你永远不会习惯的，是你已经彻底地失去了一个你最好的朋友。

你永远不会习惯的，是，孤独。

☺ 结束。

No.47

当你试着走上台时,你紧张坏了,双手不住地发抖,呼吸急促,你甚至连路都有些走不稳了。但你仍决定上去表演,你已经紧张了半天,该拿出点勇气来了。

詹森向你伸出一只手,你感激地握住他,似乎你落水了,是他向你伸出了援助的手。"留在这儿陪我,好吗?"你小声对他说。

他点点头,并且很绅士地把你带到麦克风前,他的一只手轻轻地搭在你的背上,这让你觉得好多了,你知道他就在身边。

你深呼吸了一口,然后对准麦克风。

呃呃呃……

你一开口,就发现自己的声音颤抖得厉害。你还是无法克服紧张,詹森轻轻拍拍你,小声说:"没事的,再来一次。"

这次好多了。

"这是我自己写的一首歌。"你的声音很小,但你仍觉得整个屋子里就只有你的声音,每个人都在安静地听着你。

你听到自己的声音后感觉好多了，你已经决定与大家分享那首歌。不过你不打算朗诵它，而是决定把它唱出来。

你不禁又紧张起来，你还从来没有在大庭广众之下唱过歌，不过，这是你写的歌，它需要音乐才能表现出来。

"一个黑色、孤独的夜，"你唱起来，声音虽然很低但却清晰，整个屋子里一片安静，只有你的歌声在回荡，"点燃它，用你的蜡烛，点燃我的心……"你的歌声渐渐变得有力，你唱着唱着就自信起来，完全忘了自己在哪儿，忘了台下还有这么多双眼睛在看着你。

你刚才的紧张不知不觉中消失得无影无踪，你闭上双眼，伴随着音乐声，沉浸在自己的世界里，只有你自己、你的歌、你的声音……而詹森的手，此时正温暖着你的背。

"……我会一直是你的光。"你唱完了，睁开眼睛。有几秒钟，会场里什么声音都没有，似乎安静会永远地持续下去。但过了一会儿，一阵雷鸣般的掌声突然将你淹没。你太意外了，有那么一瞬间你甚至不知道发生了什么，但持续的掌声让你回过神来，你表现得实在太好了。詹森张开双臂紧紧拥抱着你，并用一种从未有过的眼神注视着你。

"你做到了。"他激动地看着你说。

你确实做到了。

这真是让人吃惊。

表演完后,你试着和詹森谈起他的诗来,但你总是被打断,不断地有人想来和你说话。

"你好厉害!"

"你的歌唱得实在太好了!"

"你真是个令人吃惊的词作家。"

"真希望我也能像你唱得一样好。"

甚至连杰里米都走上前来,给了你一个祝贺的拥抱,"说实话,我一开始并不觉得这个诗会有什么意思,"他说,并用一个很抱歉的眼神看了看詹森,对他说:"希望你别介意。"然后又回过头来继续对你说,"真的,你的表现真是太……"

"棒了!"你接过他的话说——你从来没觉得这样高兴过。你觉得你就好像在海边,陶醉在海风带来的怡人气息中。或者又像是飘浮在午夜的空中,令人心醉。你正想对杰里米诉说你的感觉,毕竟,是他让你感到如此开心的,但是詹森一把把你拉到一边去了。

"不好意思,"詹森打断你们,"我想带你去见几个人。"

杰里米知趣地走开了,消失在人群中。你真想告诉詹森他这样对他哥哥很不礼貌。你看着詹森,他脸上丝毫没有因为你而感到同样的高兴,相反,他看上去似乎有些痛苦。真不爽……他是在妒忌你吗?"也许我该自己走开的,"詹森说,"你可以留在这里,和你的粉丝们在一起。"他说完后便沉默了。看起来他心情很不好。

不，一定不是，詹森怎么会妒忌你吸引了所有人的目光呢？或者，难道是他在妒忌你吸引了他哥哥？这真是荒唐——有什么可妒忌的呢？事实上，今晚你已经意识到你对詹森的感情加深了，比你想象的要深。除了他，还有谁会这样鼓励你勇敢面对自己的紧张呢？除了他，还有谁会静静地站在你身旁支持你，让你放松给你力量呢？

你想把这些想法都告诉他，你想对他说他根本不用担心什么。但你又害怕这么一来会把事情弄得更糟，也许，只要你装出一副什么事儿也没有的样子来，这种顾虑就会淡掉。也或许詹森会因为你无所谓的样子而收起自己的感情，想到这里，你觉得很心痛。

→ 如果你想对詹森敞开心扉，告诉他你内心最深处的想法，请翻到 168 页

→ 如果你只想开个玩笑转移注意来缓解尴尬，请翻到 26 页

No.48

"能不能不呆在这儿?"杰里米问,看着他那双闪闪动人的大眼睛和迷人的酒窝,你最终还是决定让步。不过,你还是很高兴自己支开了伊莱恩,和杰里米单独相处。只要看着他你就觉得开心,你知道他一定会有很多主意逗你开心。

"实际上,我是为了棉花糖才来的,"你装出一副对他无所谓的样子。"我刚吃了一口,有人就把它撞掉了。"

他走上前去:"要两个热狗。"你拍拍他提醒道:"我不要热狗,我要的是棉花糖。"你并不想现在就吃热狗——尤其是在你和他坐完过山车后,你觉得头晕目眩,不怎么想吃东西。

"你怎么知道这个热狗就是给你的?"杰里米笑着问。

"两个热狗? 难道你是说你一个人要吃两个热狗?"光是想想你都觉得胃不舒服。

"嘿,一个男人吃两个热狗很正常好不好?"杰里米说着走向收银台,"再要一个棉花糖。"

"很抱歉，我们卖完了。"

"卖完了？怎么可能？今天可是狂欢节啊。"杰里米吃惊地说。

"也许还会有些库存，不过可能得等上一个多小时，"收银员说，"你们愿意等吗？"

"当然不，"你说，"我们还要去……"你话还没说完，杰里米就把你拖到一边："你在做什么？"

"你不就是想要棉花糖吗？我带你去。"

"你刚才听他说了，他们已经卖完了。"

"我听到他们说还有库存。"你争辩道，他皱皱眉："那得等到什么时候啊？"

"我不知道，杰里米……"你想象着自己被关在防护门外，参加不了狂欢，也回不去，又一点吃的都没有，那多可怕。"我为什么不点些其他吃的呢？"

"你当自己还是小孩子吗？"他摇摇头，"我真是服了你了，来吧，你还不相信我吗？"

"我为什么要相信你？"

"好男人是会为他的女人做任何事的，只要她愿意。"他说。

"一个好男人会只顾着自己吃热狗吗？"你开起玩笑来。"你这个好男人就是这样来取悦我的吗？难道你不认为我可以自己得到想要的吗？我也算个'好男人'啊。"

他一努鼻子："可没有哪个好男人穿起迷你裙还会这么好看。"

你们都开心地笑起来,不过,你仍在心里求证,你并不确定这就是你最开心的时刻。毕竟,你看起来可不像一个柔弱的人。

不过无论你怎么想,你都必须做个决定了,你现在很饿,但杰里米似乎并不觉得让你这么饿下去是件没风度的事。他真的是个好男人吗? 你开始怀疑,如果你遇到什么麻烦,他说不定会第一个跑掉。

→ 如果你想冒险闯进一个仓库去找棉花糖,请翻到89 页

→ 如果你觉得吃什么都无所谓,决定点些其他吃的,请翻到 137 页

→ 如果你决定也点两个热狗,向杰里米显示一下你也能做到,请翻到 225 页

No.49

午餐结束的时候,你暗自庆幸自己给了詹森这个机会,尽管他仍然看起来有点怪怪的,根本不像昨天的他,但这也不失为一件好事啊,他虽然显得有些散漫,但也更放松、更风趣了。可能是现在你们彼此的了解更加深了一层,所以他在你面前也就毫无顾忌了。这对你来说难道不是件好事吗? 你真不敢想象,要是刚才自己扭头走了会有多大的遗憾,这是你感觉最棒的一次约会。

"想去海边散散步吗?"他付了账后问你。你看看窗外不远处的大海,海面上波光粼粼,很美。"好啊。"詹森马上起来给你扶椅子,然后弯腰,伸出手来扶你,非常绅士的样子。最让你心跳不已的是,他把你扶起来后就再没放手,一直牵着你的手向海边走去。

你很开心,天也显得格外的晴朗。

"你以前写过关于大海的诗吗?"你仰头看着那一片清澈湛

蓝的天空,问他。

"我? 我为什么要写——哦,不,不,呃,大海很宽广、博大,不是吗? 我的意思是,不好用语言来表述,是吧?"

你明白他的意思,"我小的时候,也尝试过自己捡些木头回来,想做个船的模型,但也是什么都没拼出来。"

詹森笑笑,"在海上航行的时候,四周全是海水,除了头顶的蓝天和你自己,什么都没有,"他轻声说着,紧紧地握着你的手,你下意识地靠近了他,你喜欢这种紧挨着他的感觉。

"你航过海吗?"你问道,"我觉得那更像你哥哥做的事情呢。"

"我哥哥? 呃,当然——他比我更喜欢航海,你知道杰里米这个人哪,是个天生的运动员,他几乎什么运动都很棒——"

"看起来你也不赖啊。"

詹森总是会在得到赞扬的时候羞得脸红红的,但你这样夸他,他却一点不害羞的样子,他抬头看着远处,说,"有些事我得告诉你,"他犹豫了一下,"今天下午我过得很开心,真的,跟你在一起……"

他好像在斟酌接下来要说的话,你停住脚步看着他。"你是我见过的所有女孩里最特别的一个,你很漂亮,是个令人吃惊的女孩,并且你……"他又顿住了,此时,你轻轻地挽住他的胳膊,你发现,他英俊的脸上忽然间透出了一丝伤感,"你比我能够描述的还要好。"

"真的,没有谁能比你更好了,"还没等他说完,你打断了他,轻轻地吻住了他。那一瞬间,你觉得自己就好像在摩天轮上,即使自己站得很稳,依然觉得天旋地转,风从你耳边吹过,但你却听不到任何声音,也无法喘息,你只知道,你不要放开詹森。

你意识到,有一些东西正在发生变化。

你意识到,你已经坠入爱河了。

而且,你坠得很深。

你们不停地亲吻,深情,激烈,直到——

"你在做什么?"你身后传来一个愤怒的声音。"杰里米?"你一下子懵了,他为什么会出现在你的约会上? 而且,你吻他弟弟,他凭什么会生这么大气?

"噢,算了吧,你别装作不知道,"他连讽带讥地说,"他才是杰里米。"

你一下子挣开跳到一边,你这才想起来,为什么他今天表现会这么奇怪,为什么说起诗来匆匆几句就敷衍过去了,杰里米把你狠狠地骗了一把,真是个天大的玩笑。

"你感觉怎样啊?"你怒火中烧,恶狠狠地盯着你一直认为是詹森的这个家伙,他耸耸肩,不敢看你,只好低头。你真难以相信,自己居然爱上了……你居然爱上了连自己都搞不清楚是谁的一个家伙。你想对真正的詹森解释,但已经太晚了。"詹森,我发誓,我发誓我根本不知道,"你几乎哭喊起来。"求求你,听我解释——"

他一把推开了你。

→ 请翻到 184 页

No.50

你意识到自己喜欢的是杰里米的内在,而不是因为他强健的身体。(好吧,就当是这样吧。)所以在比赛结束后他问你要不要明天和他一起去远足的时候,你觉得没有比这个更好的机会去进一步了解他了,便欣然地答应了。你想象着你们一起漫步在山间小道上的样子,沐浴在大自然的阳光和气息中,再加上杰里米热情开朗的个性,那一定会是美妙的一天。

第二天你们如约在常青山的山脚处见了面。那儿的景色非常美,而且天气很好,晴空万里,微凉的秋风带着草木的气息拂面而来。远处的山峦连绵起伏,天边云层的上端还隐约可见高耸的山尖。所有事物都像你想象中的一样美好,可唯独有一件事情你没有料到:杰里米并不是一个人来的。

"这是帕蒂。"杰里米为你介绍道,他身旁站着那个你曾见过的金发女孩。她大方地伸出手来主动跟你握手。杰里米也意识过来,纠正道:"我的意思是,她的名字叫做帕特丽夏。不过你们见过面的嘛。"而这时你还看到在杰里米身后,这个金发女孩的双胞胎姐姐正挽着詹森朝你们走过来。

很好。你自个儿想着。他们都在这了。两个帅男孩,两个漂亮的金发女孩,而你在这,则是一个不折不扣的干草。

"我很高兴你能加入我们。"你看着珀涅罗珀一脸假笑地对你说。你听得出来,她是故意把"我们"念得很重的。接着,她又阴阳怪气地说:"我们一向都喜欢远足,是不是,杰瑞?"

"当然啦,"她的"杰瑞"很配合地说,"我们走吧!"

于是你们一行人沿着一条崎岖的山路出发了。杰里米在前面带路,并沿路做上标记,你跟在他后面,你后面则是詹森、帕特丽夏、珀涅罗珀。一开始你还有点不高兴,有点怪杰里米没有单独约你出来玩,但很快你就忘了这种不愉快了。因为这样的天气来享受大自然确实是一件非常惬意的事情,你没有理由不开心。这里很宁静、祥和、美丽,你每走一步都能听到自己踩到树叶时沙沙的声音。丛林中还有一条小溪,潺潺的溪水声伴随着你们的脚步声,听起来动听无比。这是一种不一样的宁静,没有城市的喧嚣,但你仔细听,又会发现大自然里的声音其实很丰富,你能听到一种生命的声音,包括溪流、包括风声、包括林子里的鸟叫——这些声音都是你不曾仔细聆听过的。

"很吃惊吧?"帕特丽夏在你身后轻轻地问你。

你被吓了一跳,你正沉浸在自己的世界里呢,没留意到帕特丽夏在说什么:"什么?"

她把胳膊伸展开来,说:"我说这些,这里的所有,树啊,动物啊,我非常喜欢这里。"

你正准备对她的话大加赞同,但突然被你眼前的东西转移了注意力,你看到离你们不远处的丛林里有一头小鹿正蜷缩在草地上,你"嘘"了一声,非常轻声地说:"看那边。"

"啊,真是不可思议,它好可爱啊。"帕特丽夏顺着你指的方向也看见了那只小鹿。

"看,又过来了一只!"你们一动都不敢动,生怕惊动了它们。你们小心翼翼地看着它们,几乎连呼吸都屏住了。它们用头相互蹭了蹭对方,似乎是在问好,然后两只小鹿开始绕着树追赶起来。"我想它们正在玩游戏呢。"你悄悄地对帕特丽夏说。你们俩简直着迷了,一动不动地看着它们,直到一头看起来像是鹿妈妈的成年鹿出现,它似乎察觉到了什么,或者是它发现了你们,噌的一下向树丛的深处跑去,两头小鹿也似乎也意识到了危险,慌忙跟着妈妈逃走了。

它们逃走后,你真希望杰里米也看到了刚才的那一幕。你想知道杰里米如果看到了这么美丽的动物会有什么反应。但是你四处看看,杰里米已经和詹森、珀涅罗珀他们走远了。

"他们把我们扔下了!"你对帕特丽夏说,就连你自己也不知道你是在警告她呢还是有些生气。

但是帕特丽夏只是耸了耸肩,说:"我们一会儿在前面再和他们相会呗。我们以前出来远足的时候也总是这样,他们会在前面的湖那儿等我们的。"

就这样,你跟着帕特丽夏走了好一阵子,除了有几分钟你们互相尴尬地笑笑外,一路走来你们一直都没说什么话。似乎只有说起那两只小鹿很可爱的事后你们才有点共同的话题,除此之外你们就再找不着什么好说的了。当你们最后走出丛林,见到一个碧蓝的湖的时候,你才觉得终于解脱了,刚才的气氛实在是太沉闷了。你眼前的湖几乎是你见过的最美丽的地方了,湖周围环绕着挺拔的绿树,清澈的湖面像一面镜子一样把绿树群山都倒映出来。你突然觉得自己似乎又变回了一个小孩子。你真想让自己毫无顾忌地躺倒在地,在绿色的草地上顽皮地四仰八叉,找回小时候躺在软软的草地上,草把皮肤弄得痒痒的感觉……帕特丽夏拍拍你的肩,把你从沉思中拉回来。

"看见没? 他们就在那儿,"帕特丽夏说,"我说得没错吧,我就说他们会在这里等我们的。"

顺着她指的方向,你确实看到了他们,但你看到的一幕却是杰里米和珀涅罗珀坐在前面一棵倒了的树的树干上,他们在接吻。

帕特丽夏咯咯地笑起来:"我姐姐真是的——她似乎一刻都

不忘跟他亲热。"

你根本就没理会帕特丽夏在说什么，你的注意力已经完全集中到杰里米他们那儿了。你看着他们，觉得一阵反胃，你真担心自己会忍不住吐出来。你眼前的这一幕让你变得疯狂。你希望自己马上闭上眼睛，不再看这不堪入目的一幕。但事实上你根本无法移开目光，你死死地盯着他们，觉得怒火中烧，恨不得用脚下的这些烂树叶把他们埋了。

如果不是帕特丽夏又拍拍你的肩，你恐怕会不由自主地在那儿一直站下去。你回过头来想看看她到底又有什么要告诉你——但那不是帕特丽夏。

"杰里米?"忽然之间看到杰里米站在你面前，你破碎的心似乎一下子就重新粘和起来了。

"这么准?"他说，"那我是不是该得意一下呢?"

"什么? 为什么? 这是怎么回事啊?"你一下子懵了，刚才因为见到杰里米和珀涅罗珀接吻，你的心都碎了，可突然之间又发现刚才见到的并不是杰里米。不过，虽然是有点大起大落的感觉，但是只要知道和珀涅罗珀接吻的那个不是杰里米你就很高兴了。

"呃，我看见你站在这儿一动不动地盯着我弟弟，我还以为你——"

原来是这样，听到杰里米这样解释你就更高兴了，你激动地上前抱住杰里米:"见到你我真是太高兴了!"

"嗨,我想起来我还有个惊喜没有给你呢,"他笑着说,然后从身后掏出一朵漂亮的雪绒花来。"我想,你一定会喜欢的……而且,我觉得我们是不是应该让詹森和珀涅罗珀他们单独呆一会儿?"

"太谢谢你了。"你幸福得都快融化了,你欢喜雀跃地接过他手中的花小心地放在胸前,就像呵护什么宝贝一样。你都不敢相信刚才自己竟然还以为杰里米为了和珀涅罗珀去亲热而把你扔下不管。其实,刚才他一直都在想着你,想着怎样才能让你开心。你觉得自己刚才那样子怀疑他真是愚蠢极了——不过幸运的是杰里米并不知道你刚才是这么想的。你说:"这花好漂亮!"

"它们非常配你,"杰里米挑了一朵深紫色的花别在你耳后,说,"嗯,现在这样是最合适的。"

你希望自己能把现在的想法告诉杰里米,你想让他知道你有多喜欢和他在一起。但是,还没等你想清楚该怎么说,帕特丽夏、珀涅罗珀、詹森他们就过来了,你难得的跟杰里米单独相处的时间就这么没了。这就是和一大群人约会的弊端,根本就没有什么约会,去哪儿都是一大群人。

"嗨,我的小可爱们,我们现在去那个岸边租几条独木舟来划吧。"帕特丽夏建议道,的确,她看起来就是那种热衷于户外运动的女孩。而且你也觉得这主意不错——只是你从来没有尝试过去做一个户外女孩,不过你还是希望杰里米也赞同这个主意:"你去吗?"

"你说什么?"杰里米说,"你知道吗? 在湖上划船的感觉真的非常棒,荡漾在清澈、宁静的湖面上,你甚至会觉得自己和湖水是一体的。"

你注意到当杰里米说起划船的时候眼睛都在闪着光——这还真让你有些吃惊。因为在你眼里,杰里米是一个追求速度和力量的人,而并不是一个会喜欢宁静惬意的人。不过,正是杰里米表现出来的这一面全新的形象,才让你更喜欢他。外表上,杰里米看起来有些野性有些狂放不羁的感觉——但是现在你似乎看到了他内心深处平静的一面。虽然你觉得这是两种水火不容的性格,但是,在杰里米身上,确实就是这样的。

你想象着你们俩划着独木舟在湖面上荡漾的样子,觉得没有比这个更浪漫的了——不过,回到现实中来,你和他并不一定就能坐到一起。你烦透了这种一群人一起的约会了。即使杰里米看起来似乎很想去划船,但是你想如果你提出其他什么建议让你们俩单独相处的话,他更愿意和你呆在一起。但是你是那样的女孩吗? 你会把杰里米从他的朋友身边硬拉开吗? 不过,你想起来其实划独木舟也算是可以单独相处的啊,毕竟一条独木舟顶多就可以坐两个人嘛。和他们一起在这儿,也许划独木舟是你和杰里米单独相处的最好机会了。

→ 如果你决定把杰里米从他的朋友们那儿拉走，而和他单独远足的话，请翻到 160 页

→ 如果你同意和他们一起去划独木舟的话，请翻到 53 页

No.51

虽然你不是个诗歌专家,但你知道自己喜欢什么。

詹森的诗很显然不是你喜欢的那一型。即使诗和歌词有相通之处,但你确实对诗没什么感觉。詹森的诗令人觉得压抑紧张,而且,似乎他在刻意追求一种深沉和思想,而忽略了自己的真实感受。诗会结束时,你更加确信自己的判断是对的,你也许无法读懂他们的诗——但是你很确定,你讨厌诗,非常讨厌。

只是你不知道该怎么对詹森说。

但你根本就没有时间考虑。诗会一散场,詹森就把你留了下来,他要和你单独谈谈。

"你感觉如何? 我想听听你的看法。"他显得很急切。

"这是个有意思的诗会,"你说,尽管你知道他并不是在问这个。"谢谢你邀请了我。"

"你怎么看我的诗?"他又问。

你挖空心思仍不知道该说些什么。而在你面前,詹森充满期待的眼睛闪着光,他的嘴巴紧紧地抿着,你能感觉得到你的评价对他很重要。你不想让他失望,但更不想对他撒谎。你真希望当初不要答应来这里——现在,你觉得很为难。

"我以前从来没有参加过这样的诗会,"你尽量找点话说,一边试着在脑海中搜索一两句刚刚听到的句子,可你什么也想不起来,实在没辙了,你开始胡乱地说起这些在学校诗歌课上的"万能评语":"这,非常有思想,也,呃……充满想象力……"

"好了,告诉我你真正的看法,"他诚恳地抓起你的手说,"我只想知道你是怎么看的,无论是什么。"

你想,如果他真的这么在意你的看法,你就应该坦诚地告诉他。"我不喜欢,"你最终还是说了出来,"我认为它有些做作,从诗里没有看到你的真实感受。"

他突然放开你的手转身走开了。啊—哦,你没想到会这样,伸手轻轻拍了拍他的背,但他躲开了。"无论如何,"他唐突地说,"我想我的诗大多数人都不会明白的,我不应该问你的。"

他是怎么了,是他说很在乎你的看法并一个劲地要求听你的真实体会的啊,怎么你说出来了他会这样?

"那我的看法没什么意义啰?"你问。

詹森转过身来看着你。"我不是这个意思,"他说,"我的诗……并不是每个人都能读懂的,你不理解也没关系。"

你不喜欢他这样的用词,"不理解"——似乎这只是你的问题,而不是诗歌本身的问题。但你想,他这么说可能会舒服点,也许换成是你你也会这么说的。

"我该走了。"你失望地说。你期待的单独相处的约会并不是这样子的,你也不希望有这种让人不愉快的谈话。

"等一下——我想下次还能再见到你。"詹森说,他突然变得热情起来,刚才紧张的空气一下子一扫而光,你开心地想也许是自己刚才想太多了。毕竟,詹森也不是那种小心眼的男孩。他不可能连句批评的话都听不得的。

你点点头说:"我也是呢,那就定在午饭的时候怎么样?"

"好,就明天吧,"他说,"可不能再久了哦,不然我会想你的。"虽然你听得出来他是在跟你开玩笑,不过其实在你心里,还是非常希望他说的是真的。

所以现在,即便他的诗很无聊又怎样?他依然这么诚恳、甜蜜,你甚至也已经有些迫不及待地等着明天的午饭了。"那就在咖啡厅怎样?"

你们就这么约好了。这时,你发现他正盯着你,什么话都不说,你期待着他能上前来吻你,也紧张地以为他会这么做,一秒、两秒、三秒,他会吻我,你在心里默念着,他果然又向你走近一步,你觉得似乎有种神奇的力量在把你们推向对方。

"那明天见。"他说完转身离开了,只留下你呆呆地站在那里。

啊,刚才是怎么了? 你一下没缓过神来。

直到他的背影完全消失在你的视野里,你才失望地耸耸肩,独自离开了。不过,无论如何,你明天还是可以再见到他的。也许那时他会真的吻你。他刚才的眼神里明明就是这个意思,他可能只是因为太害羞了。不过没关系,你想,感情是两个人的事情嘛,如果他真的太害羞,你倒不介意由你来采取主动。

→ 如果你想在明天中午的约会上揭穿詹森的真正面目,那么请翻到 87 页

No.52

第二天，一切都真相大白了。你醒来的时候，才知道你和这个跟你一模一样的女孩当时都昏倒了，并且被送到了同一家医院。你们的父母也都赶来了。当然，你也知道了关于自己身世的一个惊天秘密。

原来，这个女孩不是别人，正是你失散已久的双胞胎姐姐！一直以来，你只知道你是被收养的，但却从来不知道你还有个同胞姐姐。你们刚出生时就被分开了，你被你现在的父母抱走了，而你的姐姐则被一对有钱的夫妇抱走并带去了法国南部。他们一家只是最近才搬回来。

难怪你以前总梦到自己有个姐姐，原来这是真的。当然，你和你的双胞胎姐姐后来成了最好的朋友，你们之间无话不谈。她家去法国南部度假时，还邀请了你同去。阳光、快乐、一个"新认识"的好朋友，还有什么比这个更令人幸福的呢？

当然，从狂欢节那天之后，你就再也没见到杰里米和詹森他们了。因为你那时几乎整天都忙着去了解这个双胞胎姐姐,根本没有时间再去找他们了。但你永远也不会忘了他们,毕竟,如果不是遇到了杰里米和詹森,你也许永远也无法发现自己的身世,更无法见到你的同胞姐姐。似乎是上天安排他们带你找到自己的亲生姐姐的,你知道,这是他们送给你的最好的礼物。

☺ 结束。

No.53

你不再怀疑什么了,又意犹未尽地吻了杰里米。"杰里米,杰里米。"你沉醉地喃喃自语,他抚摸着你的背,你觉得幸福极了。

可就在这时,杰里米突然笑起来。"对不起,对不起,我受不了了,这实在是,实在是太好了。"

你有些疑惑,在你的印象里,如果一个人在很投入地接吻的时候,一般是不会笑的。杰里米怎么了?

你察觉到事情有些不对。

"出来吧,杰瑞!"杰里米叫道。等一等,你面前的这个不是杰里米!你吻的不是杰里米,而是那个会害羞的、敏感的詹森——但是,你面前的詹森却不再羞涩敏感了。他狂放地笑着说:"哈哈,上钩了!"

杰里米突然从门后面冒出来,此刻,他脸上的笑容,往日在你看来是那么灿烂阳光的笑容,突然变得龌龊不堪。他说:"看来每次都奏效噢,伙计。"这对双胞胎在你面前击了一个响掌,似乎在庆祝他们的合作成功。接着,杰里米转过头来对你说:"嗨,别这么生气嘛,我们不是给了你双份的惊喜吗?你难道不觉得它很有意思吗?对你来说,两个应该要比一个好吧?"

唯一让你觉得是双份的只有愤怒!

而且不止双份,是三份、四份!你的愤怒在迅速膨胀,如果不是你在努力克制,一定会爆发出来的。你试图安慰自己,这两个无聊的家伙不就是想拿你开涮吗?他们不就是想激怒你让你一团糟吗?你不会让他们得逞的。

"我该走了。"你说。

说完你便走开了,但你仍期待他们中的哪个能追上来,追上来道歉或者挽留什么的都行,可是没有,他们正忙着庆祝自己成功地搞了一个恶作剧。因为你听到身后他们在说:"哈哈,她可能认为我们是这么容易就钓到手呢。"然后是令人恶心的笑声。

"别管她了,她连个玩笑都开不起。"

你身后没有挽留,也没有道歉,有的只是这些幼稚无比、无聊至极的议论。你开始为自己庆幸,庆幸自己这么早就发现他们是这样的人,在你还没有浪费时间跟他们在一起之前,早早发现这一点真是你莫大的幸运。

"想好了哦,这可是你最后一次机会噢,我保证你以后再也见不到像我们这么帅的男孩了!"这对愚蠢可恶的双胞胎在你身后大声说道。

忘了他们。他们的确帅,可他们是两个草包,两个让人难以置信的草包。

☺ 结束。

No.54

你坐在一个瑜伽毯子上,闭着眼睛,尽量按照教练的要求去"集中精力"。但这对你来说有点难,因为你觉得不说点什么似乎会很奇怪。

"吸气,好,呼气。"教练站在最前面边示范边说。你悄悄睁开眼睛四处看看,你周围的每一个人看起来都一脸宁静祥和,更别提在前面的教练了,他的那种投入、享受的表情看起来似乎他已经到了极乐世界了。基本上只有你一个人不在状态。"想象你正游荡在宇宙中,"教练用拖长的语调说,听起来就像是在虔诚地唱颂歌。"舒展你内心的平静、安静,释放你的愉悦,在宇宙中,将它们释放出来。"

"我都快睡着了。"你对杰里米小声说,他就在你旁边,你宁愿他像以前一样,和你大笑大闹,都不愿意来这里练无聊的瑜伽。但他却朝你轻轻地"嘘"了一声,示意你别说话,好像不喜欢你心不在焉的样子。哦,好吧,你知道了。你自讨没趣,便没有再说什么了,觉得时□□□是难熬。不过瑜伽毯子倒是蛮舒服的,你想能在上面睡上□会儿该多好。

"你不觉得□吗?"杰里米说,"比利教练似乎真的能够神游宇宙。"

你还没理解杰里米说的是什么意思,就注意到杰里米似乎不是一个人来的,他身旁有两个漂亮的金发女孩,一边一个。她们穿着一样的粉红色背心,都非常合身,甚至看起来就连相貌都很像。

"这是珀涅罗珀和帕特丽夏。"杰里米向你介绍她们,但他这个粗心的家伙却没告诉你她们谁是谁。于是你私自决定,珀涅罗珀是袖口有圈绿色花边的那个,而帕特丽夏则是和杰里米站得很近的那个。

"我做到了,精力非常集中,感觉真不错。"珀涅罗珀长长地吐出一口气,说。

帕特丽夏也很有同感地点点头:"是的,我这一整个星期都觉得烦躁死了,在比利教练的帮助下,我觉得好多了,我的状态又回来了。"

你觉得自己似乎跟大家很不合拍,你无助地看了看杰里米,希望他别像她们这样,但他却把手扶在帕特丽夏肩上,说:"看吧,我就说过你一定会喜欢这儿的。"

"嗯,谢谢,你真好!"她说,"我该怎么感谢你呢——"说着,她踮起脚尖在杰里米的脸颊上吻了一下。然后转过来对你说："杰里米带你来这儿你不高兴吗？"你意识到她其实已经看出来你在走神了。

"没有啊，我很高兴啊，"你没说真话，"既然结束了，我们——"

"噢，还没结束呢，"杰里米突然打断你的话，"现在是冥想时间。"

什么时间？

你发现，这时你周围的人都两个两个地组对，面对面地盘腿坐下，并且闭着眼睛一句话都不说，那看起来像是在彼此进行心灵感应，不过，只有你一个人不"在线"。

"跟着我一起做。"杰里米说着在你对面盘腿坐下来。

你耸耸肩，照他说的做了，你想，至少他没坐到帕特丽夏面前，这就够了。

杰里米坐得笔直，双手自然地放在双膝上，嘴里说道："我是人类。"

"什么？"

"冥想就是这样的啊，"他解释道，但你不明白为什么他不觉得这样很可笑。难道是你自己有问题？是你脑袋出毛病了？"比利教练说，我们应该确认自己在宇宙中的位置。我们得对着各自的搭档默念这个，以使我们的生命成为一个连续的统一体。"

　　"我是人类，"杰里米一遍遍地小声念着，"我身体强壮，我内心愉悦，我主宰着自己。我信奉自己，也追随自己。"

　　他露出祥和的微笑，然后你们安静地坐下，彼此盯着对方。现在该做些什么呢？他好像是完成了，你是不是该说点什么呢？

　　"该你了。"他说。

　　"呃，我想还是算了吧，我好像也没有什么东西可以——"

　　"这是我们都必须做的，这一环不能漏掉，你试一下嘛。"

　　你，怎么来形容你的表情呢——看起来一副走投无路的样子。"呃，好吧，我得说自己是人类……是吧？"他给你一个鼓励的微笑，"……我——我是人类，……并且，……我，我饿了。"他的笑容僵住了，你想，这对杰里米来说大概根本就不是什么精神意念之类的吧。而且你也开始觉得，也许自己根本就不是杰里米喜欢的类型吧。"我，我是……"你拼命地想找些其他听起来会好点的东西来说，"我，我正坐在地上，我正在说话。"

　　杰里米这才点点头，稍微有点满意地对你笑了笑。你有点明白了，大概按着这个思路来就对了。于是，你试着去描述自己在做些什么，你的穿着，你早上吃了什么早点——你絮絮叨叨地说了好几分钟，直到比利教练宣布下课，才把你从痛苦中解救出来。

　　你们一起往停车场走去，珀涅罗珀和帕特丽夏一直在谈论这节课如何如何棒，而你却一句话都没说，只是不时露出几个勉强的笑容。

"他在那儿!"珀涅罗珀突然叫起来,并朝前方使劲挥手,你看到詹森正朝你们走过来。你很吃惊竟然会见到他。这时你才想起来之前杰里米说过詹森会来接他回家。你觉得自己真是健忘。

"嗨,伙计们,"詹森从车上下来和那对金发双胞胎打招呼。当他看到你也在时,微微地有点脸红,"嗨,……没想到你也会和他们一起做这种荒唐的事啊。"

"噢,我只是——"你把刚到嘴边的话又咽了回去,因为你意识到如果直接说你觉得这如何如何无聊的话,会让身边的两个女孩和杰里米难堪的。"我,我兴趣广泛嘛。"你开了个玩笑,打个圆场。

"嗯,我感觉到了,"詹森眼珠子转了转说,"我真不明白你们这些家伙是在做些什么,'我是地球,我是太阳,我在像一个疯子一样地自言自语……'"

"詹森从来不懂如何冥思,"杰里米对你解释。而你却在心里想,谢天谢地,这地球上至少还有个正常人。"詹森,我有些话想和她单独说说,就离开几分钟。"

杰里米说着便把你带到一边。不过说实话,尽管你花了整整一下午来和这个家伙做这种无聊的事情,痛苦地应付他的热情,但他说有些话要和你单独说还是让你觉得很开心。"想不想去冒险?"他抓起你的手问。他满脑子都是奇怪的想法——但是毋庸置疑,他迷人的眼睛、松软顺滑的头发,还有,还有他的气息,都让你觉得无法抗拒。

"你说什么? 什么探险?"你意识到自己竟看着他发呆了,连忙问道。

"我是说,你愿意明天下午和我一起去远足吗? 那一定很酷很刺激。"他说着并充满期待地对着你笑,他的这种笑容给你一万个一亿个你都不嫌多。"你能来的话一定会不一样的。"

你有些犹豫。你承认,杰里米是很热情很可爱,但你不确定自己是否真的会义无反顾地选择他。

→ 如果你决定给杰里米第二次机会,跟他一起去远足,请翻到 160 页

→ 如果杰里米在瑜伽课上的表现让你觉得这个人实在是荒唐,你不想再见到他了,请翻到 35 页

No.55

为什么？

为什么？

为什么为什么为什么为什么……？

你已经被杰里米折腾得快不行了,现在,你满脑子都是各种各样的飞车在旋转,就像刚才你们坐的一样,上上下下,忽高忽低,一圈又一圈……

而且你现在还一阵阵地反胃,刚才吃的热狗在你的胃里翻江倒海。你真搞不懂自己刚才怎么会发神经,认为胡吃海喝会让杰里米觉得你很不一般。

其实,杰里米对你吃什么根本就没什么兴趣,对刚才你那样刻意扮出的吃相,杰里米不过是耸耸肩,就拉着你去玩蛇艇了。

接着是蜘蛛飞车。

然后是升降鬼门关。他甚至还硬拉着你玩了两次!

现在,你们正坐在"彗星"上,他兴致极高,就像在坐过山车时那样,把双手在空中伸展开来。而你,则紧紧地抓住扶手,极不情愿地坐在那儿。你在心里念了一千遍,我讨厌彗星我讨厌彗星我讨厌彗星。但彗星却带着你们越转越快越转越快。

这个讨厌的机器可以叫做催吐彗星了。

啊—哦。

你的不适终于在这一刻爆发了。彗星的飞转把你弄得头晕目眩,你一下子没忍住,"哇"的一声吐起来——正对着杰里米,你吐了他一身!

你万万没想到,你期待的约会会以这种方式收场。

→ 快把你自己擦干净,翻到 115 页

No.56

　　只是为了对詹森公平些,你决定上台去和大家分享你的歌,其实你做这个决定非常鲁莽,因为你根本就没准备好。所以你马上就后悔了,你对着詹森摇头,希望他能明白你的意思,你和大伙根本就想不到一块去。你知道你一定逃不掉要上台去的,这让你紧张坏了,手里的诗稿都湿了,你真是恨不得什么都不说就逃掉。

　　好吧,你决定豁出去了。

　　但你还是紧张,不知道该怎么让自己放松下来。

　　"来吧,你能做到的。"詹森催你,但你还是一个劲地摇头,希望他能停下来。你不能在众目睽睽之下站到台上去,因为那就好像台下有无数闪光灯对着你,这种感觉也许会有人喜欢,但你却一点儿也不喜欢——那只会让你满头大汗。

　　你想躲到椅子里去,或者干脆彻底消失掉,你假装自己根本没有注意到全屋子的人此时都在盯着你,假装根本不把这放在心上，但你根本假装不了，紧张已经把你折磨得不行了。

这时，一个意想不到的人帮你解了围。

"该轮到我了吧，"杰里米的声音突然在安静的屋子里响起，他从座位上站起来径直走到台上，"我有些东西一定要跟大家分享，现在真是个好机会。"

杰里米开始滔滔不绝地说起他最近的一次滑雪旅行。你无比感激地注视着他。至少，此时的你觉得，这兄弟俩中有一个很理解你，他知道你不想到台上去。而这个人却不是你一开始所选择的。

你心里有些忐忑，你在詹森这么重视的一个诗会上闹出这样的笑话，你担心詹森会为此生气。当然你知道错不在你……

杰里米结束时，全场为他鼓掌欢呼，不过没有人的掌声比你的更响了。他回到座位上，对着你露出一个温暖的笑。你的感激无法言表，只能真诚地对着他笑，希望他能读懂——你知道你不会选择这样一个随性放任的男孩，但你却有种直觉，这会是一段美好友谊的开始。

直到诗会结束了，你的紧张情绪才缓解下来，不过你最终还是没有半路逃走，而是坚持到了诗会结束。詹森在人群中找到你时，你们俩都有些尴尬，不知道说什么好。

"那……"最终是你先打破了沉默，你支支吾吾，两只脚也不知道放哪好，你确实很尴尬。

"那……"他也支支吾吾。

"我如果——真的非常抱歉。"

"我希望没有——"

你们俩要么一起沉默，要么又两个抢着一起开口，几句下来，你们不禁笑起来。不过，这笑声倒是让尴尬的气氛缓解了不少。

"我很抱歉，刚才一个劲地想拉你上台，"他说，"我只是想请你到这儿来听听大家自己创作的诗，你其实不用紧张的。"

"我确实很紧张，现在仍在紧张。"你坦白地说。

"噢，是这样啊。"他在嘴里嘟囔，你开始有些担心自己让他失望了，但他却把一只手搭在你的肩上，说："别多想了，我没放在心上，我们明天能再见吗？午饭的时候？"你这才觉得如释重负。

"好的，非常乐意。"

他向前一步，在你的脸颊上吻了一下。你感觉好极了。你只想马上就到明天，也许，也许明天他就会吻你，是真正的吻。

"太好了，那我们明天见！"

詹森消失在人群中时，你看了看表。再过十四个小时就可以再见到詹森了，你难以掩饰内心的兴奋。

可你连一分钟都不想等了，你想马上就能见到他。

→ 你不用等太长时间——请翻到 87 页

No.57

"怎么了?"詹森察觉到了你奇怪的表情。

"我,"你往后退了一步。"我不该像个傻瓜一样相信你的。"你的话说重了吗? 你不这么认为,你甚至还觉得说得不够重。因为你讨厌被骗的感觉——尤其是刚才你还和这个骗子深情地拥吻。

"你在说什么啊?"

是的,你承认他伪装得很好,一副什么都不知道的样子,你并不觉得奇怪。说不定他和杰里米早就预谋已久了,捉弄人可能正是他们的嗜好。

"我在说你以为你可以随心所欲地愚弄我? 詹森。"

听你这么说,他马上向你跟前走了一步——你屏住呼吸,不想闻到他身上难闻的气味。他说:"你是在开玩笑吗? 你为什么会觉得我是詹森?"

你不屑地笑了一声:"别再装了,我都识破了。直接告诉我吧,是不是杰里米也参与了你这个无聊的恶作剧?"

"我真的不知道你在说什么,但是我真的是杰里米,难道你认为詹森会像那样吻你吗?"

"那你认为杰里米身上会有股臭奶酪的味道吗?"

"你说什么?"

"你听到了的,我想你该去好好洗个澡,詹森。不过,我想即便是你洗上一万次,你身上还是会有那种臭味。"你说完这话后非常得意,觉得这种尖酸刻薄的话确实让你骂得很过瘾。虽然平时的你绝不是那样的,但你那时实在太生气了。

"你完完全全地弄错了,"他几乎要咆哮起来了,说着从上衣兜里掏出一个钱包,要拿证件给你看。"你自己好好看看,我是谁?"

"用不着,我承认我之前看错了——但是现在我很清楚。"

"啊哈,你很清楚? 你看一眼再下结论吧。"他狠狠地把证件塞到你手里——那是一个驾照,确确实实是他的名字:杰里米。

啊—噢。

但你还是不太相信,他们会不会事先就料到了被识破的可能,预先把钱包和证件换了? 不过,这种假设连你自己都不太相信,因为你看着眼前的这个家伙,觉得他不像是在撒谎。如果他真的是杰里米的话,那你真是犯了个天大的错误。

詹森——杰里米,从你手中粗鲁地抢过证件,装进钱包,重新放进上衣口袋里。他说:"你现在有什么要说的吗?"

"呃……对不起?"你看见他一脸的愤怒,知道这时候你说对不起也没用了,"对不起,我真的很抱歉……杰里米?"

还没等你说完,他就大步走开了,看样子是一句话都不想跟你多说了。

"呃,杰里米,我们呆会儿还见面吗?"你知道自己错了,追在他身后问。现在你知道了,他就是杰里米,你喜欢的就是杰里米,你不想让他走。气味其实根本不是什么大问题——他出了一整天的汗,身上有点汗味其实很正常啊。而且身上有气味也可以勤洗澡嘛。你都不知道该怎么解释,你真的不在意的。刚才那个吻之后,你知道,除非你们之间有什么大问题,否则你是绝对不会轻易放手的。"我还会和你在一起的。"你在他身后叫道。

但是他连头都没回。"很抱歉,不可能了,"他说,"我还要忙着回去'洗澡'呢,而且,即便是洗上一万次,某些人都会嫌我是块臭奶酪。"

☺ 结束。

No.58

"我认为主人公的性格有点问题,不过,电影紧张焦虑的情节设置倒是挺有意思的。"詹森说着,用面包蘸了一点橄榄油。你感觉真好,和詹森坐在一家精致的饭店里,谈论着你们刚才看的电影。这才是你真正的约会嘛。詹森的评论听得你如痴如醉,他分析电影的确很有一套。

"你不觉得电影中有些情节并不是很真实吗?"你问。你们已经在这里坐了将近二十分钟了,但你到现在还没有点餐。因为这样的谈话实在让你太痴迷了,你都不想分散哪怕就几分钟的精力去想想自己该吃点什么。

詹森摇摇头:"不是这样的——其实我认为,稍微的不真实才是真正的写实主义,导演正是想用这样的手法来描绘生活,因为他并非——还原真实生活的点点滴滴,而是提取了现实的核心元素,并且……我哪里说错了吗?"

你这才意识到自己已经盯着詹森好一会儿了。"没,没什么,"你一下子脸红了,说话都结结巴巴的。他的声音让你着迷。其实,不只是他的声音,他的整个人,他所有的一切,都让你着迷。尽管你才认识他几天,尽管这不是你第一次和男孩子约会,但是,你已经非常肯定,你爱上他了,深深地爱上他了。"这么说,你其实是喜欢这部电影的啰?"

"嗯……"他迟疑了一下,说:"我不否认这一点,但这是一部让人没法静下心来认真看的电影。"

"为什么?"

他温暖的笑容几乎把你融化。"因为有个漂亮的女孩子坐在我旁边。"

你知道他是在说你。

"我无法控制自己不去想她,"他接着说,"好几次我回头看她时都想……"

"什么?"

"我怕说出来会尴尬。"

"告诉我嘛。"你用乞求的语气说,你想让他说出来。

他咬着嘴唇犹豫了一会儿,最终还是说了出来:"每次我回头看你时,我——"你的心也跟着怦怦直跳,你担心他没有勇气说出来。但是,他长长地吸了一口气,接着说下去:"每次我看你的时候,我脑子里只有一个念头,就是想吻你,很想很想。"这一次,他说得非常快,似乎他再不说出来就会失去勇气。

沉默。你们俩足足有一分钟谁也没说话,只是彼此看着对方。你很难描述那是怎样的一种眼神。然后,你笑起来,把身子向前倾,够到他面前,轻声地说:"那你还等什么呢?"于是期待地闭上了眼睛……

一个吻,一个完美的吻! 没有任何的讶异和怀疑,因为你认准了这个男孩。也许他还有一个一模一样的哥哥在外面,但是你不想去理会这些了,在这里,他就是他,你完美的詹森,不是别人。

他是你的了。

☺ 结束。

No.59

这顿饭吃了很长时间。特雷弗的妈妈一直不停地在饭桌上说自己的儿子有多聪明多英俊多有天赋，虽然她说得不错，但这不代表她就该一刻不停地唠叨，而且还把同样的话翻出来一遍一遍地说。这真是让人受不了。最后你干脆数起你盘子里的面包屑来打发时间，甚至你连桌布上的网格也数起来。你在想，特雷弗的爸爸是怎么打发时间的——你敢肯定他一定也在做其他事情打发时间，因为席间他一句话都没说。

似乎是熬过了整整一个世纪，这顿饭终于吃完了。特雷弗的爸妈买的单。买完单后，特雷弗的爸爸终于开口说话了："你们俩要不要去吃点冰淇淋什么的呢？我们就先回家了。"

"可我们为什么不和孩子们一起去呢?"特雷弗的妈妈似乎有些不高兴，你感觉到她似乎并不想你和她儿子单独在一块儿。

"不，让他们自己去，"特雷弗的爸爸语气坚决地说，"我们俩就先回家吧。"你还听到他爸爸小声地对他妈妈说了一句："识趣点。"你那时真想告诉特雷弗的爸爸，你真是太喜欢他了，不过你还是把这种喜悦和感激放在心里，只是谢谢他们请你吃晚饭，然后就跟他们说再见了。

你和特雷弗从饭店走出来后，你深深地吐出口气，说："啊，终于解放了。"有一会儿，你们俩只是静静地走着，什么都没说。可突然，特雷弗牵起你的手，这倒是让你很意外。其实你们以前也并不是没有牵过手——但是这次却不一样。对你来说，他这个时候牵你的手比以前任何时候都富有意义。也许，这将是你未来的爱情。

你们俩就这么手牵手地走着，你不禁想，你们会不会就这样一直牵下去？如果你们俩真的在一起了会是什么样……你们会吵架吗？你们会长久吗？如果哪天你们最终还是分手了，你会不会就这么永远地失去特雷弗了？这是你最不愿意看到的，不管是朋友还是男朋友，你都不愿意失去特雷弗。

"你在想什么？"他似乎意识到了什么，突然问你。

现在该是你选择的时候了——但是你不想逼自己做选择。你很肯定，如果真的告诉他你的想法，那就一点后路都没有了。因为如果他不喜欢你的话，你们之间就连朋友都没有可能再做下去了。所以，在你说之前，最好还是想好，在这件事情上由不得你任性，更由不得你冲动。

你抬头认真地看着眼前特雷弗的脸，他温暖熟悉的笑容，他薄薄的刘海,他大大的淡褐色的眼睛,他可爱的小雀斑。这是一张你以后可以天天看到的脸吗?甚至,他的嘴唇是你可以吻的吗?

　　特雷弗虽然是你生命中最重要的一个朋友,但是你想冒个险点破你们之间微妙的关系,去发现点什么吗?

→ 如果你决定向特雷弗坦白你所有的感受,请翻到 126 页

→ 如果你觉得还是和特雷弗继续做朋友才是最好选择的话,请翻到 99 页

No.60

你不停地对自己说,这是真的,这是真的,确实是詹森在紧紧地抱着你。你轻轻地把詹森推开了一点点,说:"我对你的感觉也一样。"他的眼睛似乎突然亮起来,他低下头来开始吻你。这是个好莱坞式的吻,男女主角在深情地拥吻,而身后就是战火,或者是那种吻刚开始的时候,交响乐随之响起……多浪漫的场景。你幸福得有些眩晕,差点跌倒在地,好在詹森坚实的臂膀紧紧地把你抱住。

突然,他停下来,抓起你的手带你往台上走去,你觉得很疑惑,但还是跟着他上了台。詹森拿起麦克风:"大家好,我有几句话想说。"这时台下的观众安静下来,把目光投向了你们。如果是平常,在这样的场合,你一定会觉得非常不自在。但今晚不会了——今晚是属于你的,而且你刚才也战胜了恐惧,证明你可以坦然地站在台上了。"我想给大家介绍一个人,我的美丽的、很有天赋的新女朋友。"詹森自豪的声音回荡在整个大厅里。

女朋友,这个词让你觉得有些害羞。你还从来没被一个男孩子这么称呼过,不过你感觉很不错。

台下突然爆发出一阵掌声,但你似乎根本没听见。因为在詹森面前,掌声完全退居其次了,你所看见的、所听见的,只有詹森。他说:"我爱你。"

"我也爱你。"你本想说出来的,但话还没出口就被詹森的嘴堵住了,在众目睽睽之下,在掌声中,在聚光灯下,詹森开始深情地吻你⋯⋯

詹森的臂膀就是你的港湾,让你完全不想离开这个温暖的港湾。你知道,而且肯定,这个港湾从此以后会永远地属于你,虽然此刻的吻会停下,但你知道,你们的爱将会永恒。

☺ 结束。

No.61

　　"如果你要坚持留下来的话,我想现在也该你来划水了吧。"杰里米说着把桨交给你。"该让女士们当当我的司机了。"

　　杰里米说着就开始跟你换位子,他半蹲着移到你面前,你小心地挪到边上去,但还是免不了让船失去平衡,你们小小的独木舟又开始左右摇晃起来。有一会儿一边的船沿都几乎挨到水面了。"当心点!"你叫道,并尽量保持平衡,好不容易才坐到旁边的位子上去,这惊险的一幕吓得你的腿直发颤。

　　"当心? 你不觉得那很有意思吗?"杰里米说着一屁股坐下,但他这一坐差点把船坐翻,船又剧烈地摇晃起来,你不停地左右倾斜调整重心,才让船重新平衡下来。

　　"哦,杰里米,你真像个小孩子。"帕特丽夏笑着说,并把一只手伸进水里。很明显,她似乎并不介意弄湿自己。不过你不一样,你不想一天结束的时候看起来一团糟。

　　"你能好好坐着吗?"你声音不大,但听起来并不是很友好。

杰里米眼睛一瞪,对你说:"你是谁? 我妈?"

"是啊,你是谁? 你是他妈?"帕特丽夏也来帮腔。

你知道,你可能让他们觉得一点幽默感都没有。但不是这样的,你确实是个很幽默的人……至少,在岸上是这样。但在这儿,杰里米的玩笑一点都不可爱。

"怕了吗?"他问道,然后又站起来。"想不想感觉一下更刺激的?"说着他展开双臂开始使劲摇起来。"你一定得试试,这种感觉超酷。"

你觉得杰里米现在看起来就像个白痴。"坐下!"你大声命令道。

"我不坐又怎样?"

"你再这样我们会翻船的。"你此时真希望你就是他妈妈——也许这样他就会听你的话了。

"翻船? 这主意听起来不错哦!"杰里米说着躬下身来,挥舞起双臂,你突然意识到他要做什么了。

"杰里米,不要——"

就在你叫喊的刹那,杰里米猛一纵身,跳到湖里去了。

嘣! 水花四溅!

他跳水瞬间的冲力让你们的独木舟向一边猛地一倾,你和帕特丽夏一齐掉进了冰冷的水里。你呛了一大口水,下意识地猛划,好不容易抓住了独木舟浮出水面,而杰里米,则正在水里朝你们大笑着。

你真想一把掐死他。

你好不容易挣扎着游到岸边，冰凉的湖水冻得你直发抖。你紧抱着双臂缩作一团，想让自己温暖一点，但那根本无济于事。

杰里米跟在你后面上了岸，他笑了一路。

"你真该看看你自己！"他模仿着你刚才的口气说，"我们翻船了，真糟糕！"

你终于忍无可忍了。

→ 请翻到 179 页

No.62

你走上台去，丝毫没有一点紧张，倒是一种表现欲在你内心澎湃。你看着台下一张张期待的脸，每个人都在等着你说点什么，这种备受瞩目的感觉让你觉得棒极了。一股强劲的力量正在你的体内聚集，你想，明星大概就是这样的吧。

这种激动绝不亚于你坐过山车时的感觉，台上，你就是焦点，所有人都在关注你，你甚至掌控着台下的所有观众，为什么不试试呢？这种感觉甚至让你觉得眩晕，你选择了一首自己在网上下载的歌，你觉得自己可以游刃有余，毕竟现在你就是个明星。你非常自信，认为大家一定会喜欢你的。

"嗯，你们觉得飞机上的花生怎么样呢？"你引用了你最喜欢的一部电影的一句搞笑台词来作开场白，想活跃一下气氛。"我是说，它们能……呃，我的意思是，它们总是个头又小味道很咸，并且……"该死！你完全想不起来这段话是怎么说的了。你硬着头皮往下说，"呃，而且其实它们不怎么好，是吧？呃……真见鬼!"你的开场白简直一团糟。

台下一片死寂。

接着,有几个人开始喝倒彩。

你开始紧张起来。

于是,你打算进行计划 A,朗诵一首你喜欢的歌词。但你发现自己现在竟然大脑一片空白,你想不起任何歌词来了,你越发紧张了,你知道,除非你承认自己失败,什么都不顾地冲下台逃走,否则你最好尽快想起点什么来。

你看看台下的詹森,想向他求援,不管怎样,他提醒你点什么也行,给你个鼓励的笑也行,但你却看到他一脸失望的样子。

看来,你只能靠自己了。

"我昨天遇到的最有意思的一件事情是……"你对自己说,不管怎样,至少要找点话说,随便什么都行!"呃,我……我今天吃了一块披萨,虽然味道不错,但是上面的奶酪实在太黏了,我不小心弄到衣服上了……你们是不是也很讨厌吃东西的时候遇到这样的事情?"

你看到台下观众的表情就知道你的表现有多糟糕了,你觉得自己的一部分脱离了你的身体,她正站在台下看着你,想着:这女孩真可怜,她竟然这样当众愚弄自己。而且,更糟的是,你知道,你这样的表现,就连你自己也会站在台下,卯足劲地喝倒彩。

　　你知道已经无可挽回了，其实是你根本就不知道该怎么挽回，你就站在那里，任由台下的嘘声、嘲笑声在你耳边回荡。你只是闭上眼睛，绝望地等待结束的那一刻。是的，最终你还是解脱了。

　　詹森把你拉下台来，把你带到了一个安静、黑暗的角落。"我马上回来。"詹森在你耳边轻声说了一句便离开了，他回到台上，匆匆作了个总结，结束了诗会。

　　你在黑暗中发颤，似乎刚才的一幕还没有结束。你觉得无地自容，如果可以的话，你宁愿永远躲在黑暗里，不再让自己露面。这是一个噩梦般的经历，恐怖、尴尬、不知所措，你所有的自尊都被挫败了。如果不是詹森的话，你真不知道自己会在台上站多长时间。

　　当詹森回来时，他什么都没说，只是上前来紧紧地抱住你。在他温暖的怀抱中，你放松下来，你觉得无比的感激和安慰，是的，此时此刻，你觉得今晚这场糟糕的经历甚至都变得无足轻重了。

　　"你现在怎么样？"他在你耳边温柔地问，似乎他完全能够体会你的痛苦。

　　你非常非常感激他，这感激难以言表，你意识到他在你心中的分量越来越重，你真希望自己在他面前把所有的心里话都说出来。你想告诉他，你刚才是多么紧张，想告诉他他的出现令你感到多么的安慰,你想告诉他你糟糕的表现让自己多么的沮丧,你还想告诉他,有他在身边你是多么的幸福和开心。你想告诉他所有——是的,你想把心里的所有体会都告诉他。

但是,你今晚已经闹了一个大笑话了。你还想冒险再来一次吗?也许,最好还是自己看开点,你也许应该试着让自己一笑了之。想要谈心,以后的机会多的是,现在也许真的不是时候,因为你现在甚至连思绪都还没理清——所以你还是别冲动,慢慢来吧。

➜ 如果你想顺着自己的情绪,告诉詹森你所有的心里话,请翻到 168 页

➜ 如果想试着开个玩笑,让事情变得轻松些,请翻到 26 页

No.63

你不知道在特雷弗面前该怎么面对你自己复杂的感情,最后还是选择逃避。你就这样一个人逃走了。魔镜厅的走廊又长又黑,走廊四周到处是大大小小的镜子,除了你自己,你看不到任何人。镜中的你或高或矮或胖或瘦或被扭曲或被拉直——你每次看到的都是自己,却又不是你自己。不是这样的,完全不是这样的,你被周围这些自己的幻象弄得有些不舒服了,你开始意识到自己可能错了。

而最大的错误就是——离开特雷弗独自逃到这儿来。也许这是你战胜自己恐惧的一个机会,要你敢于面对自己。但你知道,面对你自己其实就是面对特雷弗。

你必须找到他。但是你根本就不知道该怎么去找——你已经在魔镜厅走得太远了,你一路走来,都记不清自己拐了多少弯进了多少门了。你现在没有一点方向感,于是你随机地选了一个方向往前走,尽量不去看镜子,你害怕自己会被那些幻象弄得头晕目眩。

你走过了一个又一个转角,进了一间又一间屋子,都没有看到特雷弗的踪影,除了你,再没有其他任何人。你所到之处全都是镜子,走廊也显得没有尽头,几分钟过去了,几个小时过去了,你开始担心自己可能再也找不到特雷弗了。更糟的是,你根本找不到出去的路,你彻底迷路了!而且你也发现,你已经走了将近一个小时都没再见到门了,除了数不尽的镜子之外,其他什么也没有。走廊里,除了你,就是两边镜子里映出的无数的脸,你自己的脸。你究竟是在哪儿?这里的人都到哪里去了?

你尝试着往回走,想顺原路回去,可这完全是徒劳。你已经没有力气也不抱希望能自己走出去了,你现在只有一个感觉,就是非常疲惫。你虚弱地想着,如果你能稍微休息一下,待会儿就能找到出去的路了,只休息一小会儿就好了……

于是你走到一个灰暗的角落,把毛衣叠成一个枕头,靠着墙躺下来,你闭上眼睛,想着终于可以脱离那些无止无尽的幻象了,可你却发现,那一张张被扭曲的脸依然印在你脑海里。你试图将它们抹去,只想着你和特雷弗。你想着,有一天,你将会离开这里,你会找到特雷弗,而你们也可以最终在一起。但是现在,你只想好好睡一觉……

→ 请翻到 142 页